Chaton

Die Katzengasse

un\gewöhnliche Geschichten & Gespräche

Bibliografische Information der Deutschen
Nationalbibliothek:
Die Deutsche Nationalbibliothek verzeichnet
diese Publikation in der Deutschen National-
bibliografie; detaillierte bibliografische
Daten sind im Internet über http://dnb.dnb.de
abrufbar.

Satz und Gestaltung:
Heike Markwitz, Rheinberg

Verlag: BoD • Books on Demand GmbH, In de Tarpen 42,
22848 Norderstedt
Druck: Libri Plureos GmbH, Friedensallee 273, 22763 Hamburg

ISBN: 978-3-7583-4009-3

Umschlagbild: GrumpyBeere/pixabay

Für Alex

Inhalt

Vor dem Tod

Seit einigen Monaten wusste er, dass sein Ende bevorstand – nicht abstrakt, sondern als innere Gewissheit. Er erinnerte sich an den Ursprung seiner Todesgewissheit. Es war ein Nachmittag und er ruhte sich auf dem Sofa im Wohnzimmer aus. Mit einem Mal tauchte vor seinen inneren Augen ein fremd wirkender Horizont auf, hell und formlos, einfach da. Beim Dösen, kurz vor dem Einnicken. Vielleicht war er schon ein wenig eingeschlummert. Er hatte versucht, diese Erscheinung zu beschreiben. Sie besaß die Gestalt einer hellgelben Masse und war mit einem schwachen und zugleich intensiven Leuchten gefüllt. Sie verschwand ebenso unvermittelt, wie sie sich manifestiert hatte. Doch im winzigen Intervall war seinem Bewusstsein das Gefühl des eigenen Todes entsprossen, ein Gefühl, das er in dieser Form noch nie empfunden hatte.

Anfangs glaubte er an eine Art Verstimmung und war überzeugt, dass dieses Gefühl sich auflösen würde. Sein Verstand mit seinem Wissen und seiner Erfahrung nahm sich zunächst der Sache an. Er sagte sich, dass er zwar alt war, jedoch rüstig und nicht von gefährlichen Krankheiten geplagt. Seine Ärzte hatten keine besonderen und schon gar keine akuten Gesundheitsrisiken festgestellt. Auch war es für ihn nicht ungewöhnlich, sich mit dem eigenen Tod zu beschäftigen, der nach menschlichem Ermessen in nicht mehr allzu großer Ferne lag. Aber diese Annäherung erwies sich als ohnmächtig. In ihm gewann die neue Intuition die Oberhand und arbeitete sich langsam, ohne Hast oder Schock, durch sein Bewusstsein. Sein Verstand leistete keinen Widerstand. Ja, er hätte nicht einmal gewusst, wie dieser Widerstand hätte aussehen sollen. Dieses Gefühl gewann eine vollkommene Klarheit, auf die sein Denken keinen Einfluss mehr besaß. Er würde demnächst sterben, ja, ganz einfach, nicht gedacht, sondern wissend. Eine unbekannte Kraft in ihm hatte diese Umgestaltung seines Bewusstseins vollbracht.

Nun versuchte sein Verstand, das Geschehen zu begreifen, anstatt es zu vertreiben. Er gelangte zu der Feststellung, dass sein Bewusstsein von der Spur des Lebens auf die Spur des Todes gewechselt war. Im Licht der neu erworbenen Gewissheit des eigenen Todes wurde ihm eine Art Retrospektive auf sein vorheriges Leben zuteil. Er erkannte, dass sein bisheriges Leben die Fähigkeit besessen hatte, den Tod auszublenden. Vielleicht sollte er sagen: Es ignorierte mit aller Macht die Todesgewissheit, um ein gestundetes Zeitintervall voller Energie zu gewinnen, immerzu dem Dasein zugewandt. Und mit einem feinen Lächeln glaubte er, der Natur auf eine besonders wirkungsvolle Schliche gekommen zu sein. Sie trickste ihre Geschöpfe, insbesondere den Menschen, auf eine genial-perfide Weise aus.

In seinem alten Leben hatte er sich auf dieser wunderbaren einfachen Achse des Lebens bewegt, die – solange der Tod nicht seinen Schatten ins Bewusstsein pflanzte – sich unendlich dehnte und mit ihrem gigantischen Volumen den Menschen ausfüllte. Und ihm fiel der Satz eines Schriftstellers ein: Es ist nicht so, dass der Mensch nicht sterben will. Er will nur immerzu leben. – Ja, lebenshungrig war er wie alle Menschen. Man kann sich am Leben nicht satt essen, so wie man sich an der Luft nicht satt atmen kann. Jetzt aber bewegte er sich auf der Achse zum Tod hin und nahm Abschied vom Leben. Sein Körper und treuer Diener würde die Arbeit einstellen, wie eine niedergebrannte Kerze, in deren zerfließenden Wachsresten der brennende Docht flackernd ertrinkt.

Nach einiger Zeit war der Wandlungsprozess abgeschlossen. Das neue Bewusstsein hatte sich durchgesetzt und war – so paradox es klingen mochte – ein lebendiges Bewusstsein, sein Todesbewusstsein, deutlich und ohne Panik, weil das Lebensbewusstsein abgebaut wurde – ohne Revolte, ganz natürlich – und auch gar nicht mit Gewalt und künstlich „am Leben" erhalten wurde. Dafür hätte man das lebendige Todesbewusstsein töten oder neutralisieren müssen. Doch das Leben war nicht mehr für einen derartigen Kampf gerüstet. Er fand weder einen Grund noch die Kraft, sich aufzulehnen. Wozu? Sein Bewusstsein hatte ihn ein Leben lang geführt, auf allen Bahnen seines Lebens, und er hatte ihm Glauben geschenkt und vertraut. Das war doch keine Illusion, sondern sein Leben. Und wenn jetzt ein anderes Bewusstsein seinen Anfang genommen hatte, dann wollte er seinem neuen Bewusstsein vertrauen.

***

In diesem letzten Intervall seines Daseins erreichte ihn das Schreiben seines letzten Schülers, der sich nach dem tragischen Tod seiner Gefährtin zurückgezogen hatte und der viele Jahre nichts von sich hatte hören lassen. Der Brief war einem Päckchen beigelegt und in dem Päckchen steckte eine Sprachlehre für die gymnasiale Oberstufe, deren Autor sein Schüler war. In seinen liebenswürdigen Zeilen äußerte dieser Mensch den Wunsch, ihn, seinen alten Lehrer, zu besuchen. Einen Termin könne er noch nicht vorschlagen, hatte er geschrieben, aber sei guter Hoffnung, in nicht allzu ferner Zukunft einen Besuch zu machen.

Während er den Brief las, nahm jener ernste und unermüdlich arbeitende junge Mensch Gestalt an. Unmittelbar erschien dieser Intellekt vor seinen inneren Augen, der für jeden Gedanken offen war und jedem Gedanken zunächst die Chance gab, sich zu sagen. Und dann, in einer Diskussion vielleicht, zu sortieren und kritisch zu reagieren begann. Ja, er schien alles ohne Arg entgegenzunehmen; schien weder das Vergiftete zu erkennen noch das Geheuchelte oder die Plattheit.

Manchmal hatte er sich genötigt gesehen, seinen Schüler zu warnen, doch nicht vor lauter Zuvorkommenheit anderen Gedanken gegenüber seine eigenen zu vernachlässigen. Und er hatte ihn mutig und furchtsam zugleich genannt. Wie hatte sich der junge Student damals lange mit seiner schriftlichen Arbeit gequält! Schließlich hatte er sie doch hinbekommen. Sie hatte ihm sehr gefallen, denn sein Schüler hatte sich als kluger und umsichtiger Vertreter offener Diskurse erwiesen. Sie hatten anschließend beide die Universität verlassen. Er selbst hatte genug vom Betrieb dieser Institution, von Verwaltung und Kollegen – und auch von den Studenten, die immer konformistischer zu sein schienen, nur noch auf Prüfungszeugnisse und Diplome schauten. Wo war die intellektuelle Neugier geblieben? Der Wille, eigene Gedanken zu entwickeln und zu erproben? Manchmal kamen sie ihm wie vor der Zeit vergreiste Geister vor. Ein tristes Universum des Broterwerbsstudiums. Ja, er hatte das alles kommen sehen und in den Jahren seit seinem Weggang schien das intellektuelle Leben in der

Gesellschaft an Kraft zu verlieren. Vielleicht hatten sich die Auseinandersetzungen an andere geistige Orte verlagert, weg von der Universität – aber wohin? In die Katakomben? Der Fluss des Geistes hatte sein Bett verlegt, war von der Oberfläche einer Karstlandschaft verschwunden. Lag die Uni an einem abgeschnittenen Arm, der langsam verlandete?

Vielleicht würde sein ehemaliger Schüler dazu etwas zu sagen haben. Er freute sich auf eine Begegnung mit diesem wachen Geist, dessen große Triebfeder die intellektuelle Neugier und Lauterkeit war. Bis an welche Horizonte mochten sie ihn unterdessen getragen haben? Ob er wohl mit seiner Lieblingsvorstellung, der „Pluralität der Diskurse", vorangekommen war? Er selbst war eher pessimistisch. Er hatte die Überzeugung gewonnen, dass nur die wenigsten bewusst ihre Diskurse organisierten und die notwendige Erweiterung kommunikativer Räume betrieben. Die Mehrzahl navigierte in einem System von mehr oder weniger passenden Versatzstücken. Und wie viele waren überhaupt befähigt und willens, ihre Diskurse wirklich für andere offenzuhalten, weil sie von der absoluten Notwendigkeit überzeugt waren? War das nicht viel zu anstrengend und unbequem, aus ihrer Sicht auch gar nicht ihre Sache? Verließen sich allzu viele Menschen auf die vermeintlich fachlich versierten Diskurse jener „da oben"? Übernahmen diese Menschen unkritisch einige Bruchstücke, die gefielen oder nützlich erschienen? Oder die man ihnen nahelegte oder gar einbläute, weil man die Macht besaß? War das die neue Heilslehre: außerhalb der vermeintlich positiven Wahrheiten, geschaffen und verabreicht von kompetenten Instanzen, kein Heil? Wie oft hatte er bemerkt, dass aneinander vorbeigeredet wurde, weil gar keine Öffnung auf die Gedanken des anderen vorhanden war. Oder man betete im Chor eine Litanei von „Wahrheiten" herunter. Offenbar „verstand man sich" – blind, fügte er hinzu und die Mehrdeutigkeit entlockte ihm ein tristes Lächeln. Diese Form des gleichzeitigen Redens, ohne zu kommunizieren und sich auszutauschen, schien sich zu verbreiten. Ein Ende des unseligen Prozesses war nicht erkennbar. In den Medien wurden unzählige Gesprächsrunden abgehalten, wo entweder alle durcheinander redeten oder sich gegenseitig ins Wort fielen und jeder versuchte, seine Statements abzuladen. Wer sich auf der Seite der Macht wähnte, lenkte die eigenen Überzeugungen wie Geschosse in die Menge der Gegenüber und glaubte, dass sie dort schon ihre rechte Wirkung erzielen, nämlich all das in den Ansichten der anderen zum Schweigen bringen, was man nicht hören wollte. Nun ja, auch Gewaltsamkeiten waren eine Erscheinungsform der Kommunikation. Eine sehr destruktive, stellte er betrübt fest und fragte sich, ob nicht dieses zerbrechliche Pflänzchen Kommunikation unter Bergen von Diskursen lebendig begraben war, vielleicht sogar von ihnen erschlagen. Aber das könne einfach nicht sein, wies er sogleich diesen Gedanken zurück, den er für den Ausdruck von Resignation hielt.

Das Schreiben hatte so manche Gedanken wieder lebendig werden lassen und er wunderte sich, wie lebhaft ihre Gespräche in seiner Erinnerung waren. Dabei waren Gesprächsgegenstände, Wortlaute oder gar zusammenhängende Sätze längst verdunstet. Und doch hatten sie gewisse Vorstellungen genährt oder gar geweckt. Übrig geblieben war – unter vielen anderen Vorstellungen – jene, dass er in seinem Schüler einen Menschen erlebt hatte, dem er zutraute, jederzeit, mit jedem Menschen, an jedem Ort eine Art kommunikativen Funken zu schlagen, auch wenn es nur eine kurze Begegnung war und sich die Wege vielleicht nie mehr kreuzen würden. Dieser Mensch schien von der Kommunikation durchdrungen zu sein. Er spürte sie auf und lebte für ihre Entfachung – möglicherweise ohne es zu wissen. Damals war ihm selbst schnell klar geworden, dass er seinem letzten Schüler begegnet war. Und er empfand das Auftauchen dieses Menschen als eine Art Belohnung seiner eigenen mühsamen und so entbehrungsreichen Arbeit in den Karsten und Steinbrüchen der Kommunikation.

Er setzte sich an seinen Schreibtisch, griff zur Füllfeder, einem alten Kolbenmodell, von dem er sich nicht trennen konnte, und Briefbogen, formulierte ein paar Antwortsätze, wohlwollend und einer Begegnung mit großer Freude entgegensehend. Zum Schluss aber deutete er an, dass er seinen baldigen Tod erwartete. Und er bat seinen Schüler, er möge nicht zu lange mit seinem Besuch warten. Warum hatte er diesen Satz getan? Intuitiv? Aus seinem neuen Bewusstsein heraus?

Eine Stunde später warf er den Brief in den Briefkasten unweit seines Hauses. Im gleichen Augenblick wusste er, dass er seinen ehemaligen Schüler nicht mehr wiedersehen sollte. Langsam und nachdenklich machte er noch einen kleinen Spaziergang und dabei warf er zum gar nicht mehr zählbaren Male einen geistigen Blick auf das menschliche Leben, das sich in ihm schon fast zusammengerollt und abreisefertig gemacht hatte. Vielleicht sollte man sich hinter all den Erscheinungen des Lebens eine unendliche DNA vorstellen. Vielleicht hatte sein Leben eine winzige Mutation beigetragen. Jedenfalls erschien ihm dies als eine Vorstellung, die sein Verstand als sinnhaft akzeptierte.

***

Als der Schüler die Mitteilung seines verehrten Lehrers las und auf den Schlusssatz stieß, zuckte er zusammen, wie unter einem Nadelstich. Im Augenblick hatten die Worte des Anderen in ihm die Bresche einer tiefen Einsicht geschlagen. Er verstand, dass sein Gegenüber mit seinen Worten keine Anteilnahme wecken wollte, noch nach Mitgefühl verlangte. Nein, er machte eine bedeutsame Mitteilung und bot ihm die geistige Teilhabe an. Wie vielen Menschen mochte sein Lehrer seine neue und letzte Wahrheit mitgeteilt haben? Wenige werden es sein, so glaubte er.

Sein Lehrer hatte diese Wahrheit radikal angenommen. Er hatte keine Ausflüchte gesucht und sich vorgemacht, dass sein Bewusstsein ihn mit einem Mal belügt, ihm den Tod vorlügt. Nein, er hatte geglaubt, dass er all diese Zeichen, als sie begannen aufzutreten, erfasst und richtig gelesen und verstanden hatte. Und obwohl er selbst noch auf dem Pfad des Lebens wanderte, versetzte er sich mühelos in das Bewusstsein seines Lehrers. Dieser war sich vollkommen seines Todes bewusst und erwartete ihn gefasst. Ja, vielleicht betrachtete er sogar diesen wundersamen Prozess mit einem Lächeln. Vielleicht hatten sich seine Augen für die ungeheure Intelligenz geöffnet, mit der sein Körper und sein Geist dem Tod entgegenwanderten, mit Verwunderung, ja, mit Bewunderung für die geheimen Mechanismen des Lebens.

Noch etwas anderes wurde dem Schüler zur Gewissheit. Dieser Satz galt wirklich ihm und nur ihm. Sein Lehrer hatte ihn in das Vertrauen dieser Worte gezogen, weil er ihm zutraute, als Kind des Lebens das Leben des Todes zu begreifen, bevor ihm eines Tages selbst dieses Bewusstsein unverhüllt zuteilwerden sollte – vielleicht als Gnade. Und die Botschaft war: Absolviere ohne Einschränkung das Intervall deines Lebens. Doch wenn du an seinem Ende den Tod nicht verdrängst, dann wird er dir geschenkt wie einst das Leben.

Wie mochte er sich seinen Lieben und Freunden gegenüber verhalten? Gewiss führte er ein Doppelleben. Täuschte ihnen das von seinem Todesbewusstsein unberührte Leben beruhigend vor und behielt jenen letzten Abschnitt, auf dem er sich befand, für sich – das Leben zum Tod hin. Wenn man selbst auf der Achse des Todes läuft, dem Tod direkt entgegenläuft, wie soll man anderen, die sich auf der Achse des Lebens aufhalten, das erklären? Muss man das tun? Vielleicht versetzt man sie nur in überflüssige Unruhe. Nicht wenige werden noch genug zu kämpfen haben, mit dem Abschied, mit Kummer und Trauer, mit erschreckender Revolte. Und eines Tages werden sie selbst auf die Achse des Todes hinübergleiten und als ihr Leben annehmen. Hoffentlich gerät sie ihnen nicht zur quälenden Agonie von Körper und Geist. Das wünschte er ihnen von ganzem Herzen.

***

Nach einem Vierteljahr hatte er sich endlich die Möglichkeit verschafft, die lange Reise zu unternehmen. Er hatte geschrieben, einen Termin genannt und um ein Treffen gebeten.

Er sah einen Aufenthalt von ein paar Tagen vor, wollte auch noch eine ehemalige Studienkameradin besuchen. Eigentlich wäre ein Hubschrauber ganz praktisch. Die Menschen, die für ihn bedeutsam waren, lebten räumlich so weit entfernt. Zwei Wochen später kam ein Antwortschreiben, in dem ihm die Frau (unterdessen Witwe) mitteilte, dass ihr Mann vor zwei Monaten verstorben sei, Herzinfarkt.

In die Trauer über den Verlust dieses Menschen mischte sich der Vorwurf: Sie hatte gewusst, dass er mit ihrem verstorbenen Mann in einer besonderen Beziehung stand und vor nicht allzu langer Zeit ein Briefwechsel stattgefunden hatte. Außerdem lag oder stand doch wohl das Buch irgendwo herum. Warum hatte sie ihn nicht informiert? Sie hatte ihn nie gemocht. Und auch er hatte kaum Sympathie für sie entwickelt. Er hatte ihr nicht ihren beschränkten intellektuellen Horizont als solchen vorgeworfen, sondern das, was sie daraus gemacht hatte, nämlich ein dumpfes Wirken, das immer wieder seinen Ausbruch fand in Bemerkungen, die den geistigen Elan ausbremsten.

Nun war auch für ihn sein alter Lehrer tot. Der Gedanke, dass dieser Mensch vielleicht kurz und relativ schmerzlos den Abgang aus dieser Welt hinter sich gebracht hatte, hatte etwas Tröstliches. Und an die Stelle der Trauer trat ein intensives Gefühl der Dankbarkeit für die Momente, die sie miteinander verbracht hatten. Er erinnerte sich an jene Worte des anderen, die er immer als prophetisch begriffen hatte: Der Brunnen des Kommunizierens ist der Dialog, das Zwiegespräch. Tiefer könne man mit den Möglichkeiten der Sprache nicht vordringen und in den feinsten Nuancen und Verästelungen unserer selbst und unseres gemeinsamen Daseins schöpfen – immerzu. Und er hatte sich erlaubt, das grundlegende Funktionspaar *langue/parole* auf sehr plastische Weise zu umschreiben. Die *langue* sei gewissermaßen das Herz und die *parole* der Herzrhythmus. Und aus dem Zusammenspiel komme der Stoff heraus, aus dem die Kommunikation gemacht sei, die uns mit unserem Leben in seinen unendlichen Erscheinungen und mit unserem Tod verbindet.

Schließlich sah er ihn im großen Pfirsichbaum seines Gartens, als er ihn einmal mit seiner Gefährtin aufsuchte. Wie er auf dem starken, unteren Ast stand und mit dem Rückschnitt der Triebe beschäftigt war. Sie schauten ihm von unten zu, blickten sich an und lachten. Und als er sie verwundert fragte, was sie so erheitere, hatten sie geantwortet, er habe sie gerade an einen gewissen, Mistelzweige schneidenden Druiden erinnert. Da hatte auch er sich zu einem seltenen, herzlichen Lachen hinreißen lassen, denn er war ein ungeheuer ernster Mensch.

Ein Leben später

„Ich danke dir, dass du dieses Treffen mit mir akzeptiert hast. Wie versprochen werde ich keine alten Geschichten aufwärmen. Im Laufe meines Lebens habe ich manches Mal an unsere erste Liebe gedacht, an ihren wunderschönen Höhenflug und an ihr grausames Ende. Diese Zeit mit dir hat in meinem Denken Platz gefunden und mich mein Leben lang begleitet. Und vielleicht ist es deshalb zu meinem Wunsch gekommen, ein spätes Gespräch mit dir zu suchen. Damals war kein Gespräch möglich."

„Ich war überrascht, dass du nach all den Jahren mit einem Mal den Kontakt mit mir gesucht hast. Meine erste Reaktion war, dich zu ignorieren. Ich wollte nicht mehr an die schlimmen Umstände deiner Trennung von mir erinnert werden. Für mich ist diese Zeit abgeschlossen. Aber dann hat dein ungewöhnlicher Wunsch mich neugierig gemacht. Eine Frage ist mir vielleicht von unserer Zeit geblieben: Warum hattest du mich damals ohne eine Erklärung verlassen."

„Du wirst mich für einen Schuft gehalten haben und vielleicht hat sich deine Meinung bis heute nicht geändert."

„Solltest du es tatsächlich geschafft haben, dein bösartiges Verhalten zu erkennen und zu bedauern? Es war nicht nur deine wortlose Trennung. Dieses Verhalten war schon erbärmlich genug. Aber wie du mich zum Abschied – im Nachhinein wurde mir das nur allzu deutlich bewusst – vergewaltigt hast, war wohl der monströse Höhepunkt deiner ungeheuerlichen Trennungsoperation."

„Ich war damals außer mir, wie ich es niemals zuvor und

danach niemals mehr war. Ich habe mir oft diese Situation in Erinnerung gerufen und mich gefragt: Was hast du da getan? Es war ein schlimmer Impuls."

„Ich möchte dir gegenüber fair sein und zugestehen, dass ich diese Szene nicht so klar empfunden hatte. Ich hatte kein gutes Gefühl, das ist wahr. Aber unsere Trennung war in meinem Kopf noch nicht besiegelt. Das gleiche Geschehen nach der Trennung im Kopf oder mit einem anderen Mann hätte ich gewiss als Vergewaltigung empfunden. Versuche wenigstens, Worte der Entschuldigung über deine Lippen zu bringen."

„Ich möchte dich für mein damaliges böses Handeln an dir um Verzeihung bitten. In meinem Kopf herrschte eine üble Erbitterung. Dafür gibt es keine Rechtfertigung."

„Ich nehme deine Entschuldigung an. Aber auch wenn du nicht vorsätzlich gehandelt hattest, so hattest du Böses getan. Du hattest mich erniedrigt, gedemütigt und verletzt. Warum konntest du nicht friedlich sagen, dass du mich nicht mehr liebtest? Für mich war es schon schrecklich genug."

„Ich glaube, im Grunde wollte ich diese Trennung nicht. Sie war unausweichlich. Wir saßen stumm nebeneinander auf dem Bett und in dem Moment durchfuhr mich die Trennung. Und zugleich war da die Auflehnung mit dieser bösartigen Trotzreaktion, die wohl bedeuten sollte: Und doch bist du mein, auch wenn ich dich nicht mehr besitzen werde."

„Ein bösartiges Zeichen? Nein, ich bin nicht von dir schwanger geworden, wenn du das in deinem Wutanfall wolltest. Ich hoffe, dein Besitzwahn hat unsere Trennung nicht überdauert. Oder soll ich glauben, dass du mich – jetzt hier, wo wir uns gegenübersitzen – immer noch für ‚dein' hältst?"

„Natürlich nicht. Ich denke dich und mich nicht mehr vereint. Doch damals ist etwas von dir in mich übergegangen und zum lebendigen Teil meiner selbst geworden. Das ist, was mir meine Beziehung mit dir eingebracht hat. Das ist, was alles bis auf den heutigen Tag überdauert hat. Und darüber möchte ich sprechen und hoffe, dass du mich verstehen kannst. Auch ich werde dir aufmerksam zuhören."

„Wie soll ich dich verstehen? Eine schöne Erinnerung an mich? Was erwartest du von mir? Soll ich dir dafür danken, dass du dich gnädig an mich erinnerst, nachdem du mich brutal fallen gelassen hattest?"

„Nein, ich besitze keine wehmütige oder nostalgische Erinnerung an dich. Angst und Schrecken des damaligen Abgrundes, der sich in mir aufgetan hatte, waren viel zu überwältigend und haben etwas anderes bewirkt. Im Augenblick der Trennung hatte ich dich und mich selbst gehasst – das ist leider wahr. Aber dann wurde mir klar, dass unsere Beziehung tragisch war. In der Phase der Trennung hatte ich das nicht kontrolliert, obwohl es doch dieses Bewusstsein war, das mich zur Trennung bewegte. Ich musste mich von dir trennen und dennoch hatte ich mich mit jener wüsten Geste dagegen aufgelehnt."

„Ach! Du hattest dich als Opfer einer tragischen Verstrickung gesehen? Davon hattest du dir aber nichts anmerken lassen. Dann war es wohl ein Theaterstück in deinem Inneren. Eine geschlossene Vorstellung ohne Zuschauer."

„Du hast unrecht, mich zu persiflieren. Ich weiß wohl, wie mich diese Trennung von dir zutiefst erschüttert hatte. Auch wenn ich nichts nach außen dringen ließ."

„Dein Rachefeldzug hatte aber noch länger gedauert. Soll ich dir noch einige Details in Erinnerung rufen? Aber vielleicht sollten wir nicht zu tief in der Vergangenheit herumstochern. Erkläre dich weiter."

„Meine Handlungen sind mir sehr wohl in Erinnerung geblieben. Ich glaubte, nicht nur dir, sondern auch deiner Familie und dem Dorf, also deiner Gesellschaft, meine Erbitterung zeigen zu müssen. Natürlich völlig unsinnig. Damit habe ich nicht meinen Schmerz besiegt."

„Ich kann dich nicht begreifen. Du behauptest, dass du mich aufrichtig geliebt hast und dann hast du eines Tages festgestellt, dass du mich nicht mehr liebst."

„Nein, ich hatte festgestellt, dass ich mich von dir trennen musste. Aber ich konnte mir nicht sagen, dass ich dich nicht mehr liebte, weil es nicht stimmte."

„Warum deine Sprachlosigkeit? Wäre es nicht das Mindeste gewesen, mir deine inneren Zweifel und Konflikte zu sagen? Stattdessen hast du mir den Rücken gekehrt und bist gegangen. Für mich war das ein ungeheurer Schock. Ich weiß noch, dass ich nach deinem Fortgang wie von Sinnen reagiert habe. Darüber möchte ich nicht mehr sprechen. Es war grauenhaft. Ich habe später versucht, dich zu verstehen. Aber ich habe nicht verstanden, warum du mich ohne eine Erklärung verlassen hast. Was hatte ich dir getan? Was hatte dir an mir missfallen? War ich dir nicht gut genug? Ich hatte dich wirklich von ganzem Herzen geliebt."

„Ich hatte nie daran gezweifelt, dass du mich liebtest. Und auch ich liebte dich. Versuche, es mir zu glauben. Es war deine und meine erste Liebe. Sie war von Grund auf tragisch – doch dafür waren wir blind. Jedenfalls hat sie mir – nach meiner Auflehnung – ein Bewusstsein von Tragik eingebracht. Ich musste lernen, damit zu leben. Für dich hingegen endete deine Liebe im Unglück. Auch du hast gelernt und dein Unglück bewältigt. Du hast alle Veränderungen gewissermaßen wieder rückgängig machen können. Für dich wurde unsere damalige Beziehung zur abgeschlossenen Vergangenheit. Und dein Unglück beeinflusst dich nicht mehr. Du hast alle Auswirkungen deiner Erfahrung zum Verstummen gebracht oder ignoriert. Aber vielleicht möchtest du dir doch anhören, wie es mir ergangen ist und welche Folgen unsere verlorene Liebe für mich hatte."

„Es fällt mir schwer, dir zu folgen. Tragisch? Was soll das heißen? Du musst doch gewusst haben, dass du mich nicht mehr geliebt hast. Was redest du da? Du hattest dich auf schändliche Art und Weise von mir zurückgezogen."

„Ich verstehe, dass diese Trennung für dich ein Unglück durch meine Schuld war. Und dieser Gedanke ist mir bis heute eine Last: Ich habe dich unglücklich gemacht und nicht glücklich. Ich weiß, dass mein damaliges Verhalten gegen mich spricht. Und doch war diese Trennung für mich eine Tragödie. Ich sage es noch einmal: Ich hatte dich geliebt, über meine Trennung von dir hinaus. Ich hatte dich zu sehr geliebt. Zu sehr, verstehst du? Und nicht aus einem unreifen romantischen Gefühlsüberschwang heraus, sondern definitiv, wie es der Rest meines Lebens bezeugen kann. Ich habe nichts zurückgenommen. Und auch du hattest mich zu sehr geliebt. Doch du konntest unsere Fatalität als dein Unglück verstehen. Das war dein Lösungsweg und du hast dich am Ende von mir und unserer

Geschichte lösen können. An mir blieb das Tragische hängen und hat mich nicht mehr verlassen."

„Sag mal, hast du noch deinen Verstand beisammen? Sei mir nicht böse, wenn ich dir das so direkt sage. Was du da sagst, klingt völlig überspannt. Es gibt immer einen Seelenfrieden. Ich hoffe, du hast deinen wiedergefunden. Oder willst du mit Frauen, die dich lieben, eine Kette von tragischen Begegnungen in Gang setzen? Wie viele Frauen hast du mit deinen tragischen Anwandlungen noch ins Unglück gestürzt?"

„Nein, ich habe es nicht zum Serientäter gebracht, sondern sehr wohl gelernt, mit meinem tragischen Denken zu leben, ohne noch jemanden in seine Abgründe hineinzuziehen und ein Unglück anzurichten. Was stört dich an der Vorstellung, dass ich unsere Beziehung tragisch verstanden habe? Es ist schließlich mein Verständnis und es hat mich mein Leben lang begleitet. Für dich wurde daraus ein Unglück, das ist wohl wahr. Aber aus diesem Unglück hat wieder ein Weg herausgeführt und du hast deine Gefühle zurück auf ihr altes Gleis gesetzt. Du hast dir gesagt, dass ich in deinen Gefühlen ein Unglück angerichtet habe. Richtig? Das kann passieren. Das passiert unzählige Male und unzählige mehr oder weniger verliebte Paare trennen sich wieder. Einer gilt als verlassen? Die Welt spricht teilnahmsvoll von unglücklicher Liebe, wenn nicht gerade eine Schuftigkeit im Spiel ist, über die sich trefflich moralisieren lässt. Was du sagst, ist tausendfach erprobt und hilft in den allermeisten Fällen wieder auf die Beine. Aber eben nicht in meinem Fall. Ich war weder leichtfertig verliebt noch war ich dein Schuft und Unhold deiner Gefühle."

„Ich habe dir meine Erfahrung gesagt. Und offenbar hast du

sie akzeptiert. Auch wenn du sie – wie du mir zu verstehen gibst – für minderwertig hältst. Aber egal. Für dich waren meine Gefühle vielleicht geringwertig. Mein Unglück hingegen war sehr real und ist mir durch meinen Körper und meinen Geist gefahren. Das hat dich nicht beunruhigt und lässt dich wohl auch heute noch gleichgültig. Ich war damals kurz davor, mir etwas anzutun."

„Ich war nicht gefühllos und ich bin es nicht. Was dir als Gefühlskälte oder Gleichgültigkeit erscheinen musste, war mein eigener Schrecken, der alle Gefühlsregungen erstarren ließ. Du hast sicher geglaubt, ich hätte nicht gelitten. Und ich kann dich sogar verstehen. Aber auch mir hat diese Trennung schwer zu schaffen gemacht. Ich habe nie den letzten Moment unseres Zusammenseins vergessen, unseren Abschied in B**. Deine versteinerten Gesichtszüge und das tonlose, sterbende ‚Pfiat di‘, das uns über die Lippen kam. Ich hatte mich wie ein Geschlagener in den Zug geschleppt und es herrschte Grabesstille in mir."

„Ja, ich erinnere mich an diesen schrecklichen Moment. Ich wollte dich nicht mein Leid schauen lassen. Du solltest nicht diesen Triumph über meine Ohnmacht haben. Als du weg warst, brach es hervor. Aber was soll denn ‚tragisch‘ an unserer Liebe gewesen sein? Ich sehe da etwas ganz anderes. Du hattest einfach das Interesse an mir verloren, weil ich deine hochgesteckten Ansprüche nicht erfüllen konnte. Deine Enttäuschung hat dich zur Trennung bewogen. Und diese Enttäuschung erzeugte bei dir so einen maßlosen Frust, dass du deine Wut an mir ausgetobt hast. Ich musste denken, dass deine Liebe nicht wirklich aufrichtig war. Und dieser Gedanke war ungeheuer traurig. Du warst meine Enttäuschung, die Enttäuschung meines Lebens. Nie mehr habe ich mich in die Gefahr einer derartigen Enttäuschung begeben. Das hattest du mit deiner Trennung in mir bewirkt."

„Enttäuscht warst du, weil du glauben musstest, ich hätte dein uneingeschränktes Vertrauen in mich missbraucht. Deine Enttäuschung hast du mir als Täuschung zur Last gelegt. Und meine Trennung hat dich schockiert. Ich muss es akzeptieren. Und ich werde deinen Schmerz auch niemals kleinreden, sondern respektieren – auch heute, wo er nicht mehr existiert."

„Ja, das habe ich geglaubt und diesen Glauben hast du in mir nicht zerstören können. Du hast ihn vielleicht in den Staub geworfen, aber ich habe mich wieder erhoben."

„Wie ich dich verstehe. Auch ich trug diesen Glauben in mir. Aber dieser Glaube kann keine Berge versetzen, sondern besitzt tragische Niederlagen. Ich konnte nicht von dir enttäuscht sein. Du hattest mir doch überhaupt keinen Grund zur Enttäuschung gegeben. Deine Gefühle für mich und all dein Handeln an mir waren vollkommen liebevoll."

„Und du behauptest von dir, mich geliebt zu haben, ja über die Trennung hinaus? Und von mir sagst du, du hättest meine vollkommene Liebe verspürt? Und dennoch hast du dich von mir getrennt? Andere Menschen würden Gott für ihr Glück auf den Knien danken und du hast es weggeworfen? Im Namen einer Tragik, die mir vollkommen unverständlich ist und nur in deinem Kopf existiert? Was bist du nur für ein Mensch?"

„Ein tragischer Mensch."

„Ach! Dafür machst du aber einen ganz entspannten Eindruck."

„Weil du dir keinen tragischen Menschen vorstellen kannst. Du glaubst, der müsse ein dauerhaft unglücklicher Mensch sein, dem das unglückliche Bewusstsein nur so aus allen Poren und Worten quillt. In der ersten Phase meines tragischen Schicksals, das mit meiner Trennung von dir begann, war ich völlig verzweifelt und empfand eine ungeheure Angst. Ich fürchtete um meine geistige und seelische Existenz: Was geht in mir vor? Wohin entzieht sich meine Liebe? Natürlich hast du eine Rolle gespielt. Aber nicht du hast das Band des Vertrauens zerrissen. Es ist zerrissen, weil es ein Schleier war. Daran bin ich fast verzweifelt. Verstehst du den Unterschied: Für dich war und ist es bis heute Gewissheit, dass ich dein Vertrauen in mich zerstört und dir dein Unglück bereitet habe. Du konntest dich wieder herausarbeiten aus deinem Abgrund. Aber mein Abgrund besaß keine Griffe. Das war die Zeit der totalen inneren Leere. Ich war in meinen Daseinsabgrund gefallen und vollkommen orientierungslos. Jeder trägt Abgründe in sich. Nicht jeder fällt hinein. Mir musste es leider passieren.“

„Aber du musst doch etwas in mir gesehen haben, etwas mit mir erlebt haben. An mich geglaubt haben. All das soll sich in nichts aufgelöst haben? Hast du Wünsche besessen, die ich dir nicht erfüllen konnte? Konntest du keine Worte für deine Wünsche finden?“

„Nein, so war es nicht. Alles hat sich auf den Punkt zu bewegt: Ich habe dich gesehen, ich habe mich gesehen, ich habe uns gesehen und schließlich war es Gewissheit: Es wird kein gemeinsames Leben geben. Keine Chance.“

„Wer oder was hatte keine Chance in deinen Augen?“

„Unsere Liebe. Sie war ein Archipel inniger Zweisamkeit.

Und niemand weiß, wie dieser Archipel zustande gekommen ist – weder du noch ich. Erinnerst du dich, wie gerührt die Menschen um uns her waren? Wir galten als ungewöhnlich inniges Liebespaar. Was hatten wir uns damals wie blind gegeben? Ich war durchdrungen von dieser Liebe. Sie würde verloren gehen, wenn wir ein gemeinsames Leben unternehmen sollten. Ein gemeinsames Leben würde diese Innigkeit zur Strecke bringen. Die mörderischen Kräfte würden stärker sein. Ich war ihnen nicht gewachsen. Das habe ich damals denken müssen. Ich wollte kein jämmerliches Verenden. Die Vorstellung war unerträglich. Ich musste die Liebe in Sicherheit bringen."

„Aber was hat dich deinen Glauben verlieren lassen? Was hat dich dein Vertrauen verlieren lassen? Woher ist dein Zweifel gekommen und am Ende deine Verzweiflung? Ich hatte dir doch von ganzem Herzen meine Liebe zu dir gezeigt."

„Einzelne Gründe ließen sich jetzt viele aufzählen. Aber das führt zu nichts. Sie ließen sich auch einzeln alle entkräften. Tragisch war die Unvereinbarkeit, die im Höhenflug der Liebe nicht denkbar und vorstellbar gewesen war und die doch war. Unsere Liebe hat meine Lebenstragik offengelegt. Wenn wir uns nicht so intensiv geliebt hätten, wäre sie vielleicht gar nicht zum Vorschein gekommen und hätte meinem Leben nicht die Wendung gegeben, die es nach unserer Trennung nahm. Die maßlose Intensität unserer Begegnung war vielleicht die Ursache."

„Kannst du vielleicht ein Hindernis nennen, das sich damals vor dir und vor unserer Beziehung aufgetürmt hat – in deinem Kopf, denn in den damaligen Lebensumständen kann ich kein einziges erkennen? Alle Umstände waren uns gewogen. Du hättest bedenkenlos zugreifen können. Viele Möglichkeiten standen dir offen. Und doch hast du alles verschmäht."

„Mir wurde bewusst, dass mich deine Welt erwartete, aber ich konnte den Schritt in diese Welt hinein nicht tun. Ja, diese Welt war deine Welt. Du warst in dieser Welt und sie in dir. Ich sah dort nicht mein Dasein und konnte deine Welt nicht annehmen. Ich konnte sie mir nicht als geistigen Lebensraum zu eigen machen. Und mein ganzes Leben lang habe ich diesen Schritt nicht getan. Ich bin mit meiner damaligen Entscheidung zurechtgekommen, die mir eine marginale Existenz eingebracht hat. Ich hätte vielleicht deine Welt als äußere Hülle annehmen können, so wie ich in meinem Leben schließlich die bürgerliche Welt als unvermeidlich und nützlich angenommen habe. Aber mein Herz hat nie für diese Welt, ihre Dramen, ihre Gespräche und Geschichten geschlagen. Ich habe es nach unserer Trennung zum Anteil nehmenden Betrachter gebracht – ohne direkte Teilnahme. Dieses Spannungsfeld, das damals in mir entstand, konnte ich dir nicht zumuten. Ich hätte mir eine kritische Distanz geschaffen, um zu leben, und du hättest im Einklang mit ihr leben wollen. Dich lieben und feststellen, dass unsere Vorstellungen vom Dasein nicht zusammenpassen und nichts Gemeinsames hervorbringen würden. Unsere Liebe wäre am Widerspruch zugrunde gegangen, wir hätten sie zur Strecke gebracht."

„Also hattest du mir mein vermeintlich unerträgliches konformistisches Denken zum Vorwurf gemacht? Und das ist dir erst spät aufgefallen und zum Hindernis geworden?"

„Ich habe es dir nicht zum Vorwurf gemacht – höchstens in diesem schlimmen Anfall von ohnmächtiger Wut. Die traf dich, das ist wahr, aber durch dich hindurch diese Welt um mich her. Ich war daran gescheitert. Es war ein grauenhafter Prozess der Entfremdung und des Zweifels. Anfangs musste ich versucht haben, den Konflikt zu verdrängen. Aber dann ließ es sich nicht mehr ignorieren. Er hat vielleicht ein Jahr gedauert, zunächst in kleinen Details der Entfremdung, die sich zusammenfügten und auftürmten. Und dann ging alles sehr schnell, vielleicht ein Vierteljahr. Dann war klar, dass ich mich von dir trennen musste. Ich sehe mich noch allein in der Stube, die mir so lieb und vertraut war. Ich blickte um mich und es kam nichts mehr zurück. In diesem Augenblick wusste ich nicht mehr, warum ich dort war, was ich dort zu suchen hatte. Und nicht nur für die Räume, auch für dich verlor ich den Blick. Aber eine Tatsache meines Lebens nach dir ist, dass ich das Bild unserer Liebe nicht aufgegeben habe. Wahrscheinlich wirst du mich einen hoffnungslosen Idealisten oder Träumer nennen. Ich weiß, dass ich es nicht bin. Und du? Du hast die Gefahr nicht wahrgenommen. Du hast mir eine Bürgerlichkeit, eine soziale Einvernehmlichkeit, unterstellt – ganz nach deinem Bilde.“

„Hattest du sie mir nicht perfekt vorgespielt? Hattest du mir nicht bedeutet, dass dir auch meine Familie recht war? Ich war guten Glaubens und bereit, mit dir aus dem Dorf zu gehen und dir zu folgen.“

„Ich war dein bürgerlicher Traum, ja. Aber du hattest viele kritische Zwischentöne nicht gehört, weil für dich gar nichts anderes denkbar war.“

„Vielleicht war ich zu einfältig und vertrauensselig. Aber hättest du deine großen Zweifel am zukünftigen gemeinsamen Leben nicht deutlich kundtun sollen?"

„Ich besaß doch noch keine festen Überzeugungen. Wenn ich die damals besessen hätte, wären wir uns nie begegnet und hätten uns niemals ineinander verliebt. Ich konnte nicht aufgrund von klaren Beurteilungen die Entscheidung fällen, mich von dir zu trennen. Wir waren viel zu tief ineinander versunken. Das freie Spiel der Kräfte unserer Beziehung hat schließlich den Ausschlag herbeigeführt. Für mich war es grausam, dass im Ergebnis die Unvereinbarkeit stärker war als unsere Liebe. Ich hatte mich ergeben. Aber ich habe meinen Teil der Liebe in Sicherheit gebracht. Und viel später erst konnte ich mir sagen, dass mich dieser Reflex gerettet hatte."

„Woher konntest du damals wissen, dass meine Liebe zu dir nicht hätte stärker sein können als alle Hindernisse?"

„Eine Intuition, die sich nicht mehr vertreiben ließ. Eines Tages war diese Einsicht da: Unsere Leben würden nicht zusammenpassen, sondern würden einen unglücklichen Verlauf nehmen. Dieser Gedanke wurde immer stärker und setzte sich am Ende durch. Das hätte auch deine Liebe überwältigt."

„Nun gut, verrückt bist du offenbar nicht, vielleicht ziemlich überspannt. Hast du denn nach mir eine Frau geliebt und mit ihr ein gemeinsames Leben geführt?"

„Ja, auf andere Weise. Ich habe gelernt, meine lebendige Vergangenheit zu einer – wie soll ich sagen – stillen Gegenwart zu machen. Ich habe schließlich eine Frau gefunden. Übrigens habe ich nie mit ihr über diesen Abgrund unserer damaligen Beziehung gesprochen. Ich sah darin keinen Sinn. Aber ich habe ihr zu verstehen gegeben, dass meine gescheiterte Liebe zu dir mir einen großen Bewusstseinswandel eingebracht hatte. Sie muss mich verstanden haben und unser gemeinsames Leben bestand darin, einander mit all unseren Verletzungen anzunehmen, denn auch sie trug eine schwere Bürde. Jahrelang hatte sie ihren ersten Mann, der zum uneinsichtigen Alkoholkranken wurde, ohne Hoffnung mitgeschleppt. Und das mit zwei kleinen Buben. Die ganze Last der sozialen und wirtschaftlichen Verantwortung lag auf ihren schmalen Schultern. Es war die Bestimmung unserer Beziehung, seelische Verletzungen zu lindern und soziale Trümmer aus dem Weg zu räumen. In uns war nur noch wenig Raum und Zeit für unbeschwertes Liebesglück. Und doch haben wir eine wertvolle Innigkeit entwickelt, die wir wohl auch den Menschen um uns her mitteilen können und die vielleicht auch der Liebe einen Dienst erweist. Ich mache meiner Gefährtin nichts vor und mein soziales Handeln – so bescheiden es sein mag – ist halbwegs verantwortungsvoll und glaubhaft."

„Und ihre Kinder? Bist du ihnen ein Vater geworden?"

„Ja. Und dafür bin ich sehr dankbar. Und ich glaube, meine Enkel sind wahre Geschenke meines Daseins. Doch lass mich die Frage stellen, wie es dir ergangen ist? Bist du später glücklich geworden?"

„Ich bin in den Jahren nach unserer Trennung enorm selbstständig geworden. Wenn denn diese Trennung unausweichlich war, dann ist sie damals noch gerade rechtzeitig erfolgt. Jedenfalls konnte ich aus dieser Katastrophe am Ende gestärkt hervorgehen. Ansonsten ein, nun ja, normales Ehe- und Familienleben."

„Ein normales Ehe- und Familienleben. Das musste ich damals vor Augen gehabt haben. Ein solches Leben war für mich nicht bestimmt. Als äußere Hülle vielleicht. Ja, so ist es schließlich gekommen. Aber mit ganz anderen inneren Horizonten, um über dem Abgrund lebensfähig zu bleiben. Ich habe nicht das Gefühl, meiner Gefährtin gegenüber ein Doppelleben zu führen. Sie weiß wohl, dass in mir etwas ist, das verkapselt ist und doch unsere Beziehung belebt. Sie kann damit umgehen. Gewiss eine Folge unserer Trennung. Nun, du bist deinen Weg gegangen und ich meinen Weg. Dennoch möchte ich dich fragen: Hast du manchmal an unsere Zeit zurückgedacht?"

„Anfangs ständig. Ich hatte dir wirklich nachgetrauert. Aber wie heißt es so tröstlich: Die Zeit heilt alle Wunden. Ich glaube, die Zeit hat es gut mit mir gemeint."

„Glaubst du, aus unserer Zeit eine besondere Erfahrung mitgenommen zu haben? Ich meine, jenseits deiner Enttäuschung?"

„Keine einfache Frage. Ich werde dir eine Beobachtung sagen. Vielleicht hat sich in ihr mein Erleben unserer glückhaften Momente gezeigt. Du weißt, dass ich mein Berufsleben in der Kindererziehung verbracht habe."

„Ja, ich war nicht ganz unbeteiligt an deiner Berufswahl."

„Und du hattest dich nicht geirrt. Denn ich habe diesen Beruf sehr gern ausgeübt. Im Laufe der Jahre hat mir der Umgang mit den Kindern manche Einsicht gegeben. Alles hatte mit dem Prozess des Erwachsenwerdens und mit dem Erwachsensein zu tun. Ich war immer unglaublich entzückt vom Kommunizieren der Kinder untereinander. Diese Lebendigkeit und diese Dichte der Zeichen, die sie tauschen. Dieses Geschehen voller spontaner Gesten, dieser unmittelbare, unbändige Austausch – auch ihre Konflikte und ihre Fähigkeit, nicht nachtragend zu sein und dem Hass keine Nahrung zu geben. Leider verliert sich das so schnell und bleibt vielleicht ein Geheimnis der menschlichen Natur. Und ich muss gestehen: Manchmal war es mir, als hätte ich dich geschaut."

„Danke für deine Worte. Ich glaube, es ist die Phase, wo der Mensch die pure Kommunikation verspürt und als Bewusstsein magischer Expansion erlebt. Aber sehr schnell übernimmt der ‚Ernst des Lebens‘ das Kommando und wird für die meisten zur Zwangsjacke, die sie geduldig tragen. Vielleicht ist es besser so. Diese Zwangsjacke ist zugleich ein Schutz gegen die tragische Begegnung und Erfahrung."

„Das ist wohl unvermeidlich. Das Leben als Erwachsener ist unerbittlich. Und doch bleibt ein Rest von Bedauern."

„Ist das Bedauern unsere einzige Verbindung mit den Epochen unserer Intensität?"

„Wie meinst du das? Gibt es etwas anderes als Wehmut und Nostalgie?"

„Hast du den Eindruck, dass ich wehmütig von unserer damaligen Beziehung und ihrer besonderen Intensität spreche?"

„Nein, du sprichst anders, aber ich weiß nicht, wie ich deine Worte und dich einordnen soll. Unser Gespräch ist eigenartig. Und offen gesagt, kann ich dir nicht wirklich folgen. Vielleicht finde ich einen Regenbogen der Bedeutungen. Denn unsere Unterhaltung hat mich überzeugt, dass du kein schlechter Mensch bist. Du hast deinem Leben einen Sinn gegeben, den ich vielleicht nie verstehen werde."

„Wir – ich möchte für einen Moment ‚wir‘ sagen – sollten es dabei belassen. Lassen wir die Zukunft entscheiden, welche Einsichten uns noch zuteilwerden. Ich möchte dir für dieses Gespräch danken und für deine Worte, die mir Mut gemacht haben. Vor allem aber dafür danken, dass du mich einst geliebt hast und mir erlaubt hast, dich zu lieben. Von dieser Liebe habe ich mein ganzes Leben zehren dürfen. Ich werde jetzt wieder gehen."

„Schon? Ich verstehe. Ich begleite dich zu deinem Wagen?"

„Nein, danke, das ist nicht nötig. Pfiat di!"

„Pfiat di!"

Aussiedler

„Füllen und fühlen" – er bemühte sich, seinen Schülerinnen und Schülern, die allesamt Aussiedler aus Oberschlesien waren und von denen die Jüngeren kaum noch deutsche Sprachkenntnisse besaßen, den so wichtigen Unterschied zwischen Lang- und Kurzvokalen an einem anschaulichen Beispiel klarzumachen. Die polnische Sprache nutzt diese phonemische Möglichkeit vergleichsweise selten. „Ihr müsst das ‚ü' richtig lang machen, damit der lautliche Abstand zum kurzen ‚ü' entsteht. Sonst meint ihr ‚fühlen', sagt jedoch ‚füllen', und der andere versteht nicht das Gemeinte, sondern das Gehörte." Man übte.

Er schüttelte immer neue Oppositionspärchen aus dem Ärmel und füllte damit die Tafel. „Ich fülle mal die Tafel, nicht: Ich fühle mal die Tafel. Das ergibt natürlich auch einen Sinn, allerdings nicht den gewünschten." Seinen Merksatz „das Lamm ist lahm" fanden die Schüler besonders gelungen und amüsierten sich damit noch in der Pause, denn später sprachen ihn seine Kolleginnen und Kollegen darauf an. Frau M** kam einfach nicht mit dem „ü" zurecht, bei ihr kam beharrlich ein Laut heraus, der sich eher als „i" anhörte. Und Kurz- und Langvokale gingen ihr ebenfalls nicht so recht über die Lippen. Dabei besaß sie doch einen deutschen Familiennamen, deutscher ging es gar nicht. Herr B** begann, sich über Frau M** lustig zu machen. Er hatte die deutsche Sprache gut drauf, zwar oft mit veralteten Begrifflichkeiten, aber er würde sich schnell im aktuellen Deutsch zurechtfinden. Jahrelang hatte er vergeblich Ausreiseanträge geschrieben.

Ihm fiel noch ein lustiges Beispiel ein, das er geschwind an die Tafel schrieb: „Die Frau mit den dicken Tüten bei Aldi". So, daran konnte man langes und kurzes „ü" und zugleich die Abgrenzung von „i" und „ü" üben. Herr B** kugelte sich schier vor Lachen. Der Bedeutungswandel von langem „ü" zum kurzen „i" sprach sich in der Klasse herum und schnell herrschte allgemeine Belustigung. Die Damen reagierten sehr erheitert. Hoffentlich verbessern solche Beispiele das Lautbewusstsein und die eigene Aussprache.

Der sprachliche Teil seines Unterrichts lief bestens. Die Leute waren motiviert und engagiert bei der Sache. Alle waren vom Nutzen des Sprachkurses überzeugt. Hier ging es um die Integration im Sinne der sprachlichen Handhabung und Beherrschung von Beruf und Gesellschaft in ihrer alltäglichen Organisation und ihren Abläufen.

Doch da waren noch die eigentlichen Gespräche mit den Menschen, in denen so viele Dinge ihrer Geschichte herausgearbeitet wurden. Und hier waren großes sprachliches Geschick und Vorstellungsvermögen seinerseits erforderlich, um an den Erfahrungshorizont der Menschen heranzukommen und diesen sinnvoll zu begleiten.

Da war die große Frage, was denn eigentlich diese Leute dazu bewogen hatte, ihre Heimat zu verlassen. Ihre deutsche Sprache und Kultur? Nun ja, von beiden waren nur Bruchstücke aus ihrer Kindheit oder Reminiszenzen übrig. Immerhin hatte jeder Eltern oder Großeltern, die noch Deutsch gesprochen hatten. Am ehesten ließ sich noch eine alte Heimatidentität feststellen, die sich auf ihren Siedlungsraum bezog. Ihm wurde klargemacht, dass diese Gegend einfach nicht „polnisch" war, sondern „deutsch". Dies traf im besonderen Maße auf den Bezirk Oppeln zu. Eine Schülerin stammte aus Ratibor. Diese Stadt galt ihnen allen als extrem „deutsch". Vor dem Krieg ohnehin. Das wollte er gelten lassen. Aber das Kriegsende, die Vertreibung und die Verschleppungen? War diese Region nicht umfassend ethnisch „gesäubert" – freiwillig oder zwangsweise, so wie es den Sudetendeutschen ergangen war? Heute redete doch niemand mehr von einer deutschen Minderheit in Tschechien. – Nein, das sehe er nicht richtig. Viele seien geflohen, als der Krieg Schlesien erreichte. Aber viele, wohl überwiegend einfache Menschen, die Landbevölkerung, seien geblieben, teilweise wohl auch gezwungenermaßen. Es gab auch keine Evakuierungen wie in Ostpreußen. Bis zuletzt hatte das Nazi-Regime die drohende Niederlage geleugnet. Doch dann überstürzten sich die Ereignisse und die Menschen gerieten in Panik. Aus der illusorischen Nazi-Festung Schlesien wurde ein Kessel, aus dem es kein Entkommen mehr gab. Er gewann den Eindruck, dass die verängstigten Menschen sich in Sicherheit bringen und keineswegs ihre Heimat verlassen wollten.

Jedenfalls gerieten die verbliebenen Schlesier unter die Herrschaft des neuen polnisch-kommunistischen Regimes. Und dieses habe die deutsche Sprache brutal verfolgt und alle hätten sich in die heimliche Privatheit ihres Dialekts zurückgezogen. Die Älteren seiner Schülerinnen und Schüler hatten dieses Kriegsende und die Jahre danach noch selbst als Kinder erlebt. Und den Jüngeren war es von den Älteren erzählt worden.

Das neue Regime konnte nie die bäuerliche und kleinstädtisch-traditionelle Bevölkerung erreichen. Wenn er mit ihnen darüber sprach, gaben sie ihm zu verstehen, dass sie „unter dem Kommunismus" gelebt hatten. Es klang wie eine soziale und politische Fremdherrschaft. Daraufhin ging er der Frage nach, wie die Menschen den Alltag „unter dem Kommunismus" erlebt hatten. Zwei Hinweise setzten ihn auf die Spur des Systems. Man kam auf die Warenverteilung zu sprechen und er wollte wissen, warum permanent die Geschäfte leer waren. Dies, so erklärten sie ihm, hatte mit dem realen Mangel an Gütern zu tun. Ja, meinte er, dies habe man auch im damaligen „Westen", also hier, so verstanden. Nicht in allen Bereichen, entgegneten die Leute seiner Gruppe. Dach über dem Kopf, medizinische Versorgung, Kindergarten oder Schulen – daran habe es keineswegs gemangelt. Mangelware, das waren die Güter des täglichen Bedarfs. Und dieser Mangel war allgegenwärtig und dauerhaft. Eine hoffnungslose Mangelwirtschaft, die die Warenverteilung zu einem System der bevorzugten Behandlung werden ließ. – Ach, meinte er erstaunt. Das müssten sie ihm genauer erklären. – Auf dem Weg in den Laden passierte der heimliche Abverkauf „vom Wagen". Wer für die Verteilung zuständig war und in der damaligen Bargeldwirtschaft die Kasse führte, bediente alle seine Vorzugskunden. Wenn der Lieferwagen dann am Geschäft ankam, war er fast leer. Statt Ware übergab der Fahrer das eingesammelte Geld. Das Geschäft rechnete (gegen Beteiligung) die gesamte Lieferung ab, der Rest der Ware wurde ausgeladen, die Kasse stimmte, der Wagen fuhr wieder davon. Und vor dem Geschäft stand die murrende Schlange der normalen Kunden, weil es mal wieder kaum neue Ware gab. Und das passierte nicht nur einmal, sondern permanent und flächendeckend mit staatlicher Duldung. Er verstehe das so, dass dem Staat die Mangelwirtschaft als Dauerzustand sehr wohl bewusst war. Seine Lösung war es, den Leuten das unlösbare Problem des Mangels zu überlassen. Sollten sie sich damit herumschlagen. – Ja, so hätten sie wohl damals reagiert. Jeder versuchte, auf jede mögliche Weise an Waren heranzukommen, kaufte auch Waren, die man selbst gar nicht benötigte, um sie einem Verwandten oder Bekannten zukommen zu lassen, der sie gerade brauchte. Also Einkauf, um einen Tauschhandel zu betreiben. Jeder hatte doch die theoretische Chance, jemanden an der richtigen Stelle in einer Lieferkette zu kennen und seine Dienste in Anspruch zu nehmen. Aber es gab einfach zu viele verschiedene Lieferketten. Das war die frustrierende Seite des Systems fürs gemeine Volk.

Die andere Seite war die „Partei". Wer bei der „Partei" mitmachte, hatte Zugang zu allerlei Vergünstigungen, d. h. grundsätzlich zu allen Lieferketten. Eine Schülerin erzählte ihm, dass lokale Vertreter der „Partei" an sie herangetreten waren, mit der Frage, ob sie nicht mitmachen wolle. Offenbar hatte jemand den lokalen Funktionären gesteckt, dass sie begabt, fleißig und verlässlich war als Kassiererin bei der Genossenschaftsbank. Man lockte mit einer neuen Wohnung in der Stadt, stellte ihr weitere Privilegien in Aussicht. Sie lehnte ab. Daraufhin ließ man sie in Ruhe, sie blieb unpolitisch, machte weiterhin unbehelligt ihren kleinen Job und stand Schlange. Mit den Jahren wurde der verfügbare System-Kuchen fürs Volk, das bei der Korruption nicht oder nur unvollkommen mitmachte oder vergessen worden war, wohl unerträglich karg. Die Parallel-Wirtschaft am arbeitenden Volk vorbei ließ Hoffnungslosigkeit und Unzufriedenheit wachsen. Bei den

„normal" arbeitenden Menschen verstärkte sich der Unmut über das ungerechte System, das ihnen jede Hoffnung auf Zukunft nahm, während gewisse Nachbarn wundersam prosperierten. In jedem Dorf gab es jemanden, der gut mit dem System zurechtkam, frühzeitig zu einem neuen Auto kam oder an seinem Haus baute und – siehe da – bei ihm fand sich das erforderliche Baumaterial, auf das andere vergeblich warteten. Das verärgerte.

Am Ende stand wohl die Resignation. Man fühlte sich ohnehin nicht dem Polnischen verpflichtet. Sollten die Polen doch mit ihrem Land und Staat machen, was sie wollten. Längst hieß die Parole „Weg hier", keine Zukunft mehr in diesem Land, das sie keineswegs mit ihrer Heimat Schlesien gleichsetzten.

Nun, die Geschichte meinte es am Ende doch noch gut mit ihnen. Viele Familien teilten sich in einen Zweig der Daheimgebliebenen und in einen Aussiedlerzweig. Und die Aussiedler fassten in Deutschland recht erfolgreich Fuß – wie er selbst feststellen konnte.

Vom Zweig der Daheimgebliebenen pendelten viele nach Deutschland oder Österreich, auch in die Schweiz oder nach Holland, und weiter noch bis nach England. Sie kamen am Wochenende oder gar erst nach Wochen zurück in ihre Familien. Familiäre Ereignisse wurden beiderseits der Grenze fleißig gefeiert, die ohnehin an Bedeutung verlor. Schließlich löste sich der Ostblock auf, die Grenzen wurden durchlässig und die alte Heimat florierte recht ordentlich im postkommunistischen oder neokapitalistischen Polen. Er dachte über diese Welt nach, in der seine Schülerinnen und Schüler so viele Jahre gelebt hatten. Wie waren sie in ihrem täglichen Sozialleben damit zurechtgekommen? Er glaubte zu verstehen, dass sie die sozialistische Ideologie in ihrem Alltag schlicht und einfach hatten abprallen lassen. Die „Kommunisten", wie sie die Vertreter des Systems nannten, ließen die Unpolitischen in Ruhe. Warum auch nicht? Diese Menschen arbeiteten, ließen sich geduldig ausbeuten, verhielten sich politisch ruhig, ja waren notorisch unpolitisch und bildeten somit keine Gefahr. Die Systemvertreter mussten zur Überzeugung gelangt sein, dass es sich um eine „Rasse" besonderer Idioten handelte, die mit der Zeit von allein aussterben würde. Einfach als nützliche Idioten im Schatten der Revolution und ihrer Segnungen vegetieren lassen.

Unter seinen Kolleginnen und Kollegen fand sich keiner, der ähnliche Einblicke und Betrachtungen zu gewinnen suchte wie er. In ihren Augen waren diese Leute kleinbürgerlich, mit spießig-hinterwäldlerischen Ansichten, zivilisatorisch im Rückstand. Man beschränkte sich darauf, ihnen das Aufholen zu erleichtern. Möglichst schnell sollten sie Anschluss an das Sozialleben in ihrer neuen Heimat finden – was nicht falsch, aber zu kurz gedacht war. Denn die besonderen Lebensumstände und politischen Erfahrungen dieser Menschen im damaligen System fielen unter den Tisch. Doch niemand verlangte nach genaueren Einblicken, weil man doch davon ausging, dass das kommunistische System schlecht gewesen war und die große Mehrheit der Bürger unterdrückt hatte. Und das war eben diese Schmalspurbetrachtung, wohl der Überheblichkeit der eigenen Ideologie geschuldet.

Er dachte, dass man diesen Leuten vielleicht ein wenig genauer zuhören sollte. Schließlich hatten diese Menschen in einem System gelebt, dessen Funktionieren nicht nur einer dünnen Schicht Herrschender gefiel, sondern das auch für Scharen von „Mitläufern" attraktiv gewesen war, jedenfalls während eines beträchtlichen Zeitraums von mehreren Jahrzehnten. Es nährte sein braves, angepasstes Fußvolk – seine Beamten und Bediensteten, vom Heer der Parteifunktionäre ganz zu schweigen. Ja, sie hatten das System geduldig ertragen und eine Art Katakombendasein praktiziert. Und er war sich sicher, dass niemand in seiner Gruppe zu den stromlinienförmigen Zeitgenossen zählte, die sich jeder Linie anpassen, weil sie einfach den Sinn für die jeweilige Linie besitzen. Sie sind immer „auf Linie". Man nennt sie auch unverbesserliche Opportunisten. Und eigentlich haben sie ja nichts Schlimmes getan, denn ihr Geist ist so gebaut, da passt gar nichts Schlimmes rein.

Nein, sie mussten sich eher im Radieschen-Sinne angepasst verhalten haben, d. h. den äußeren Schein, den das Regime verlangte, akzeptierend. Einer behauptete jedoch, in seinem Dorf hatte der Nachbar am 1. Mai grundsätzlich auf dem Feld zu tun – als Bauer in einem Arbeiter- und Bauernstaat. Die Massenaufmärsche, zu denen beispielsweise die Schulklassen oder Mitarbeiter der Gemeinden beordert wurden, gingen ihm am Pflug vorbei.

Und so verwunderte es ihn gar nicht, dass die Leute ziemlich resistent gegen das allgemeine Denunziantenwesen waren, das die kommunistischen Machthaber in der Gesellschaft zu etablieren suchten und bei ihnen keinen Nährboden fanden. Sie mischten sich in die polnische Politik nicht ein und hatten niemanden zu denunzieren. Auch die schließlich 1980 auftretende Solidarność-Massenbewegung lief an ihnen vorbei. Nein, es war definitiv nicht ihre Gesellschaft, nicht ihr Staat – mit oder ohne Kommunismus. Es war im Grunde die Polackei geblieben, zu der sie sich nicht zählten. Er hob mahnend den Zeigefinger und bat Herrn B**, sich zu mäßigen. Herr B** entgegnete, er wisse einfach nicht, was sie in den Jahrzehnten nach dem Krieg bis zum Ende des Kommunismus hätten erdulden müssen. – Ob das nicht Vergangenheit sei und man einen Schlussstrich ziehen solle? – Wenn er einmal das Schicksal einer unterdrückten Minderheit am eigenen Leib erleben sollte, dann werde er garantiert anders reden. – Nun, meinte er, er wolle als ihr Sprachlehrer daran arbeiten, dass sie in ihrer neuen Heimat nicht zur Minderheit werden, sondern normaler Teil der Gesellschaft. – Und er dachte: was für ein Schicksal. In Deutschland würden sie sich als Deutsche und Teil der Bevölkerung verstehen. Die verbliebene Sippe in Schlesien? – Die werde Minderheit bleiben und sich schön still verhalten – wie gehabt, war die Antwort. Er kramte in der Truhe moderner politischer Konzeptionen und zog das Konzept der Regionalisierung hervor, ein denkbares Europa der Regionen, das für bestimmte Minderheiten eine politische Chance sein könnte. Aber das sei alles Zukunftsmusik, vielleicht auch völlig unrealistisch. Sie sollten sich erst einmal in der deutschen Gesellschaft und Kultur umtun und sich davon ein vernünftiges Bild machen.

Das Mäzenatentum ist nicht mehr, was es einmal war

„Wir sollten wieder einmal etwas für unsere jungen Künstler tun." – Die frisch ernannte Ministerin hatte diese Bemerkung über das Sektglas in ihrer rechten Hand hinweg beiläufig in die Stehrunde der Damen und Herren getan. Hm, die Runde aus Industrievertretern, Bankvorständen und hochrangigen Beamten hob eher müde die Augenbrauen, freilich war sie Kultusministerin und wahrscheinlich noch voller Profilierungsfreude.

„Ja, wir hatten da mal was mit dem Kunstverein in G*, das war eigentlich eine gute Sache", ließ sich der Vertreter eines international operierenden Bauchemie-Unternehmens zögerlich vernehmen. Mit der Wahl des Präteritums unterstrich er die abgeschlossene Vergangenheit, die er ruhen lassen wollte. Man hatte etwas in den Kultur- und Kunstklingelbeutel gegeben und stand derzeit für weitere Spendenaktionen nicht zur Verfügung.

Ach, hörte man aus dem Kreis jener, die tagtäglich mit Unsummen hantierten, es gebe heutzutage so viel moderne Kunst, es gebe gar keinen Überblick mehr, nur noch Kraut und Rüben. Haha, ob die auch Kunst seien, ließ sich jemand vernehmen. Vielleicht am Erntedankfest oder in der Zuckerindustrie. Frau Ministerin war nicht angetan vom doch recht unwilligen Echo, das sich in sarkastische Äußerungen und seichte Bemerkungen kleidete, die von ihren Urhebern als geistreich angesehen wurden. Allein schon ihr und ihrem hohen Amt gegenüber waren die spöttischen Reaktionen eher despektierlich. Sie setzte nach und sagte etwas von in der Pflicht stehen usw. Oha, die meint das ernst. Wir stehen in der Lieferpflicht und jeder kramte – wenngleich missmutig – in der Kunst-Kiste – eher in der Größe einer Zigarrenkiste – seines Unternehmens nach, ob wohl noch ein Plätzchen für eine Aktion sein könnte.

Hm, die Planungen der PR-Abteilungen, das sei alles nicht aus dem Stegreif, die Mittel würden frühzeitig festgelegt und es gebe eine ganz bestimmte Choreografie der Aktionen und Events, die alle untereinander sowohl terminlich als auch thematisch verzahnt waren und bestimmte CI-Werte propagierten und von einem klugen Medienmix abgedeckt sein mussten, um optimale Wirkungen zu erzeugen usw. Immerhin hatte man die Anregung der Ministerin schon mal – wenn auch unverbindlich und unter Geltendmachung zahlreicher Vorbehalte und absehbarer Schwierigkeiten – in den Bereich des Machbaren gerückt. Allerdings war weiterhin niemand darauf erpicht, sich die Anregung der Ministerin ans Bein zu hängen. Soll sie sich doch selbst profilieren. Und überhaupt war man auf diesem Empfang der Landesregierung eigentlich mit anderen Themen beschäftigt und hätte lieber etwas von lukrativen Projekten im Bildungsbereich gehört. Wie viele Schulen müssten längst renoviert oder modernisiert werden, Sicherheit, Energieeinsparung – soll denn den Schülern erst die Decke auf den Kopf fallen und die Brühe aus den verstopften Klos entgegenquellen? Schließlich ließ sich der neue Vorstandsvorsitzende der Landesbank zögerlich vernehmen: „Man könnte vielleicht ....“

Oh, wie sie alle mit einem Satz auf diesen Satz sprangen. Na klar, DU könntest doch die Sache übernehmen. Und plötzlich kannte sich sogar jemand in den Satzungen der Bank aus und zitierte was von „Auftrag zur kulturellen Förderung". Genau, mit einem Mal sahen alle ganz klar, dass die Anregung von Frau Ministerin auf den verehrten Herrn Vorstandsvorsitzenden zulief und ihre Realisierung bestens bei ihm aufgehoben war. Und so wandten sich die Blicke der kleinen Gruppe dem Banker zu. Frau Ministerin säumte nicht, ihren aufmunternden und wohlwollenden Blick hinzuzufügen. Jetzt war es gewissermaßen amtlich: Er war ausgeguckt.

„Ja, ich denke, die Landesbank könnte vielleicht etwas machen", klang es wenig begeistert.

„Wie schön", flötete die Ministerin und ignorierte geflissentlich den mangelnden Enthusiasmus. Man werde sich demnächst zusammensetzen. Er werde doch sicher so wie sie ein Plätzchen in seinem prall gefüllten Terminkalender finden. „Selbstverständlich", beeilte er sich zu versichern. Ihre Sekretariate werden sich schon einigen. Erleichtert ging die Runde wieder zu den gewohnten Themen über, die Kunst-Kuh war vom Eis. Wie schön.

***

Am nächsten Tag informierte der Vorstandsvorsitzende seine Sekretärin über die Abmachung und wies sie an, das Kultusministerium anzurufen und einen Termin mit der Ministerin nicht vor der 24. KW zu vereinbaren. Ebenso trug er ihr auf, den Top „Förderung junger Künstler" auf die Tagesordnung der Führungskreis-I-Sitzung in 14 Tagen zu setzen.

Er ließ sich die Szene der ministeriellen Einlassung noch einmal durch den Kopf gehen und stellte fest, dass der Ministerin sehr daran gelegen war, ein Zeichen in die Richtung der Kunstszene des Landes zu setzen, die ihrer Partei traditionell eher ablehnend gegenüberstand. Er selbst besaß zwar das Parteibuch der abgelösten Regierungspartei, aber ein Zeichen guten Willens seinerseits sei politisch gewiss nicht unklug. Schließlich sei die Landesbank überparteilich und der jeweiligen Landesregierung verpflichtet. So beschloss er, auf der nächsten Sitzung diesen Punkt offensiv zu vertreten und er war sich sicher, dass alle Mitglieder des Führungskreises die Bedeutung des Projektes erkennen würden und die Sache, wenn nicht aktiv unterstützen (einige sicher ohne Vorbehalt) so doch wohlwollend billigen würden.

Schließlich war es nicht die erste Förderung der Kunstszene des Landes durch die Landesbank. Die Sache hatte schon eine mehr als zehnjährige Tradition und war von der vorletzten Landesregierung angestoßen worden. Er selbst hatte keine Berührungsängste mit moderner Kunst, auch wenn ihn manche Produktionen recht ratlos ließen. Ja, er fragte sich sogar manches Mal, ob gewisse moderne Kunstwerke und Performances weniger aus sich selbst sprachen, sondern mehr aufgrund gewisser Weihen der Kunstszene erst zu Kunstwerken gewissermaßen erklärt und gekürt wurden.

Aber die Kunstakademien mitsamt ihren Professoren, die Museen und Kunstsammlungen und ihre Fachleute, die vielen Galerien, auch von internationalem Rang, die in der Landeshauptstadt tätig und auf wichtigen Ausstellungen wie die Kunstmesse in Basel oder dem Salon des Beaux Arts vertreten waren, all diese Akteure sollten doch wissen, was heute unter moderner Kunst verstanden wurde.

Am folgenden Tag trug er seiner Sekretärin auf, eine kleine Zusammenstellung der Förderaktivitäten der Bank in den vergangenen zehn Jahren aufzubereiten – formlos –, um sich einen Überblick zu verschaffen. Zwei Tage später lag ihm eine kleine Mappe vor. Die Zusammenstellung war übersichtlich und schnell überflogen.

Die bisherige Praxis erschien ihm arg eklektisch zu sein. Wahrscheinlich steckten Vorlieben seiner Amtsvorgänger dahinter oder Gefälligkeiten. Jedenfalls war die bisherige Vorgehensweise intransparent. Entsprechend erfolgte keine Mehrung des Ansehens der Bank. Was blieb draußen hängen? Dass man die Eingangsbereiche der Hauptgebäude mit Installationen und Skulpturen versehen hatte? Das gehörte mittlerweile zum Standing der Verwaltungs- und Unternehmensoberklasse. Man müsste etwas Besonderes machen, neue Aufmerksamkeit erregen. Und so kam ihm die Idee, einen Kunstpreis zu initiieren, einen Förderpreis für junge Künstler. Haha, den könnte er sogar seinem zukünftigen Nachfolger hinterlassen.

Wie erwartet, fand er in der Vorstandsrunde ausreichend Unterstützung für seine Idee. Man machte sich daran, dem Projekt etwas mehr Kontur zu geben. So fand der Gedanke allgemeine Billigung, junge Künstler von den Kunstakademien des Landes vorschlagen zu lassen. Eine Jury aus anerkannten Experten könnte dann Preisträger ermitteln. Und so schnürte man ein kleines Projektpaket. Auch ein Finanzrahmen wurde vorläufig gezogen. Maximal 40 000 Euro könne man jährlich bereitstellen sowie die notwendigen Räumlichkeiten und die Logistik zur Verfügung stellen. Der Vorstandsvorsitzende sollte dieses Angebot der Bank in der Besprechung mit der Ministerin machen.

***

Im darauffolgenden Gespräch mit der Ministerin zeigte sich diese von der Idee, einen Förderpreis für junge Künstler der Akademien des Landes zu stiften, geradezu begeistert und sagte ihre Unterstützung zu, insbesondere was den Kontakt mit den Leitern der drei Kunstakademien anbetraf, aber auch bei der Suche nach hochkarätigen Jurymitgliedern. Sie benannte einen leitenden Beamten ihres Ministeriums als Ansprechpartner für alle Fragen des weiteren Vorgehens. Als Termin der Preisverleihung nahm man den Herbst des folgenden Jahres in Aussicht.

Sie tauschten noch einige persönliche Ansichten zur Situation der modernen Kunst aus, künstlerische Freiheit, Jugend, Experimentierfreude, aber auch schwierige wirtschaftliche Verhältnisse, Wohnraum, Arbeitsräume und Ateliers. Im Grunde erschien ihnen diese Szene als ein exotisches Biotop, von dessen Bewohnern man eigentlich nichts wusste. Wie auch? Die Population der Kunsthochschulen war höchst unterschiedlich. Begabte und Unbegabte, Leute, die herumlungerten und keine Lust auf ein Berufsleben hatten, Desorientierte, Leute mit psychischen Problemen. Alkohol- und Drogenkonsum waren verbreitet, ebenso prekäre Lebensverhältnisse und promiske Beziehungsleben. Letztlich sei es wohl besser, diese Subkultur gäriger Instabilität in Ruhe zu lassen und sich nicht weiter um sie zu kümmern.

Und sie heuchelten sich gemeinsam die Besorgnis von Eltern vor, deren Kinder zwar nicht gänzlich missraten und auf wenngleich nicht schiefe, so doch recht krumme Bahn geraten waren. Die jungen Leute waren nun mal ungemein schwierig und vertändelten so viel Zeit. Aber das müsse wohl so sein und wo viel Schatten sei, sei doch Gott sei Dank der eine oder andere Lichtblick. Jedenfalls versprachen sie sich vom geplanten Förderpreis, dass er doch einigen talentierten Nachwuchskünstlern Anerkennung und Ansporn verschaffen sollte. Somit war grünes Licht erteilt, das Gespräch wurde beendet und der Vorstandsvorsitzende freundlich von der Ministerin entlassen.

In den folgenden Monaten wurde das Projekt vorangetrieben. Dank ihres vielfältigen Beziehungsgeflechts und der guten Präsentation konnte die Bank das Interesse der Professoren an den Kunstakademien wecken. Diese schlugen ihre besten Schüler vor, sodass für die Jury eine gute Auswahl zustande kam und sie die Preisträger küren konnte.

***

Ihr Hass auf diese Gesellschaft hatte sich an zahlreichen Erlebnissen und Erfahrungen entzündet, die sie überforderten und sich tief in ihrem Bewusstsein eingruben. Lieblosigkeit, Brutalität, Demütigungen waren an ihr hängen geblieben und sie hatte es einfach nicht geschafft, die Verletzungen und Traumata gefällig zu verarbeiten oder nötigenfalls zu verdrängen und mit positivem Jedermann-Bewusstsein durch das Elend der Gesellschaft zu waten wie ein Kanalarbeiter – geschützt von seinem Gummianzug – durch den stinkenden Schlamm, gleichmütig, berufsmäßig, alltäglich. Vor allem hatte sie nicht gelernt, diese Drecksgesellschaft, in der sie lebte, für unschuldig zu erklären und alle Schuld bei einzelnen Schuldigen abzuladen. Der zynische Satz „selber schuld" kam ihr als universales Erklärungs- und Rechtfertigungsinstrument einfach nicht in den Sinn. Nein, ihr Bewusstsein war übersät mit offenen oder kaum verheilten Wunden, die im Kontakt mit der bösartigen Realität immer wieder aufbrachen.

Um nicht völlig isoliert zu sein, suchte sie an der Hochschule Kontakt mit extremen Randgruppen, die im Glauben lebten, man könne mit radikalen Diskursen das gesellschaftliche Elend in den Griff bekommen. Doch recht bald wurde ihr klar, dass all diese Diskussionen hohl und gebetsmühlenhaft klangen. Sie widmete sich immer intensiver dem studentischen Leben außerhalb der Hörsäle und Bibliotheken und lernte schließlich einen Kunststudenten kennen, an dessen unerschöpflichen Gleichmut ihre radikale Gesellschaftskritik abprallte wie an einer Gummiwand. Er brachte ihr nicht nur den entspannten Beischlaf bei, sondern auch den gepflegten Drogenkonsum. Sie wechselte hinüber in seine Bekanntenkreise, begleitete ihn häufiger an die Kunstakademie. Schließlich brach sie ihr Soziologiestudium ab und begann, sich mit grafischen und fotografischen Arbeiten zu beschäftigen, experimentierte mit Collagen und ausgefallenen Motiven. Sie verbrachte viel Zeit in den Ateliers der Künstlerinnen und Künstler, diskutierte mit ihnen Techniken und ästhetische Fragen. Und dieses Umfeld sagte ihr zu, es schien ihr, als ob die Menschen hier sanfter, entspannter und rücksichtsvoller miteinander umgingen.

Nach einem Jahr hatte sie eine ganze Mappe erster künstlerischer Arbeiten zusammenbekommen. Sie legte ihre Grafiken und Fotocollagen ihren Künstlerfreunden vor, die ihr rieten, ein Kunststudium zu wagen und ihre Mappe als Bewerbungsmappe vorzulegen. Was sie tat. Ihre Bewerbung war erfolgreich und im Wintersemester 20** begann sie ein Studium in der Fachrichtung „Freie Kunst".

Man hätte glauben können, dass sie endlich den Weg der inneren Befriedung gefunden und die künstlerische Aktivität ihre innere Zerrissenheit gewissermaßen sublimierend – und nicht oberflächlich ideologisch – überwunden hätte. Dem war nicht so. Ihr künstlerischer Ausdruck besaß etwas von einem „Fanal", wie es ihr Professor formulierte. Sie entdeckte ihre Vorliebe für Zustände des Deformiert-Seins, nahm gelegentlich Cannabis und andere psychotrope Substanzen. Für die Gesellschaft und ihre ideologischen Antriebe hatte sie nur noch Verachtung übrig. Soziale Kontakte pflegte sie mit ihresgleichen und diese Subkultur reichte ihr aus. Und doch ließ sich die ideologische Allgegenwart der Gesellschaft nicht ausblenden. Sie wirkte wie ein schmerzhafter Pfahl in ihrem Dasein, so wie ihr Lärmen, ihre Rastlosigkeit oder ihre ekelhaften Ausdünstungen. Diese Gesellschaft atmete aus allen Poren ihr schweinisches Dasein. Und vor ihren Augen schienen sich unzählige, deformierte Gestalten zu tummeln, mit verzerrten Gesichtern, grotesken Bewegungen und zerlaufenen Augen und Mündern.

Ihre Collagen stellten eine Art unkoordinierten Tanz von ineinander geschobenen und verschachtelten, seltsam verbogenen Leibern dar, zwischen denen sich Hausfassaden, Autos und andere Fahrzeuge ihren Weg bahnten wie eine Gerölllawine. Eine andere Serie inszenierte wüste Orgien unterschied-

licher Menschengestalten, Fabelwesen, Tieren und Zwitter-
wesen aus Mensch und Schwein, geschickt eingebettet in eine
friedlich-harmlose Landschaft. Wer nicht aus der Nähe genauer hinschaute, lief Gefahr, nur den äußeren Schein einer Idylle
wahrzunehmen.

Ihre kombinierte Mal-, Grafik- und Collage-Technik ope-
rierte als ständiges Aufdecken und wieder Zudecken von Realität, die ihrerseits verzerrt und verbogen agierte.

***

Ob sie Interesse daran habe, sich an einem Auswahlverfah-
ren für einen neu geschaffenen Kunstpreis der Landesbank zu
beteiligen. Ihr Professor hatte ihr diese Frage in der Pause auf
dem Weg zur Cafeteria gestellt. Nun, was als Frage gestellt war,
kam einer Auszeichnung der jungen Meisterschülerin gleich.
Natürlich signalisierte sie ihre Bereitschaft und ihr Lehrer
skizzierte ihr, was es mit diesem Preis auf sich hatte. Der Preis
werde an Nachwuchskünstler in drei Kategorien vergeben. Die
Rektoren der Kunstakademien des Landes werden eine Vor-
schlagsliste einreichen, aus der eine unabhängige Jury von
Fachleuten die Preisträger ermitteln. Das Preisgeld betrage
10 000 Euro in jeder Kategorie. Festakt mit Kultusministerin,
Katalog und Ausstellung in den repräsentativen Räumen der
Bank inklusive. Genauere Informationen für das ganze Proze-
dere gebe es in einigen Tagen. Sie gab ihre Zusage.

***

Sie hatte ihre großformatige Komposition aus Collage, grafischen und gemalten Elementen „BAB" genannt, was man als

Abkürzung von Bundesautobahn und Babylon interpretieren konnte. Dargestellt war in der Tat eine Art Highway, der wie von einem Erdbeben oder von Zyklopenhand in Segmente zerlegt und aufeinandergetürmt seine purzelnde und zugleich schwebende Fahrzeugfracht in einer malströmartigen Bahn in eine unbestimmte Richtung entlud, wobei Menschen und andere Gestalten nicht genauer bestimmbarer Art eher fröhlich wie eine ausgelassene Formation von Fallschirmspringern, die Fahrzeuge offenbar tanzend, teilweise wohl auch kopulierend, umkreisten. Ganz tief im Innern des Strudels schien eine Art Bibi Blocksberg nackt und mit wehender Pferdemähne – man musste schon ganz genau hinschauen – auf einem erigierten Gebilde zu reiten usw. Ihr Professor empfahl ihr, nachdem er ihr Werk mit grunzenden Lauten begutachtet hatte, weniger Marihuana zu rauchen, hob den Daumen senkrecht nach oben und sagte „Ça ira!"

Monate später sahen die Damen und Herren der Jury die Sache ähnlich – zwar nicht einstimmig, jedoch mehrheitlich – und kürten sie zur Preisträgerin in der Kategorie „Malerei & Grafik".

***

Über gewisse skandalöse Vorgänge, die dem Festakt der Preisverleihung eine besondere Note geben sollten, gibt es nur unvollständige Informationen, sodass man versuchen muss, in einer Art Ereigniscollage Bericht zu erstatten, was sicher – wenn auch nicht im Sinne aller Beteiligten – so doch im Sinne der beteiligten Künstler ist. Tatsache ist, dass das obligatorische Preisträgerfoto der einzelnen Preisträger, eingerahmt vom Vorsitzenden der Jury (zweckmäßigerweise Vorstands-vorsitzender der Bank) und von Frau Ministerin (seht her, wir tun was für unsere jungen Künstler) und brav mit der Ehren-urkunde vor der Brust, ebenso wie das Gruppenfoto der Preis-träger, reibungslos zustande kamen.

Verbürgt ist allerdings, dass schon bei der Laudatio, die der Vorstandsvorsitzende hielt, aus dem Künstlerpublikum Zwi-schenrufe wie „Kapitalistenschweine" oder „Pfeffersäcke" er-schollen. Sei es nun, dass der Vortragende rein akustisch nicht mitbekam, was ihm da entgegengeschleudert wurde, sei es, dass er sich gar keinen Begriff vom Gehörten bilden konnte, weil es einfach außerhalb seiner Vorstellungskraft lag, sei es, dass er entschlossen war, das Gehörte zu überhören, jeden-falls ließ er sich keineswegs aus dem Konzept bringen und brachte seinen salbungsvollen Diskurs unverdrossen und un-gerührt verbindlich lächelnd zu Ende. Die Ehrengäste in den ersten Reihen applaudierten brav und bildeten eine akustische Trennwand, die die Künstlerkreise weiter hinten übertönte, deren Geräusche man vielleicht einem Affenhaus hätte zuord-nen können.

Nun, für 30 000 Euro und all die Mühen, die sich die Bank und so viele wohlmeinende Leute gemacht hatten, durfte man sich schon selbst ausführlich auf die Schultern klopfen, was der Redner auch tat. Natürlich vergaß er bei der Gelegenheit auch nicht, den Künstlern artig für ihre künstlerische Schaf-fensfreude auf die Schultern zu klopfen, das sei doch selbst-verständlich.

Von den anwesenden Bankmitarbeitern wurde im Nachgang ziemlich pauschal und abwertend behauptet, die – gemeint waren die Künstler – hätten doch schon alle unter Drogen gestanden oder reichlich Alkohol intus gehabt. Das ist nicht nachprüfbar und außerdem polemisch, wenn nicht unfair. Denn auf ihren eigenen Festen gehen sie selbst ganz schön zur Sache und verdrücken hemmungslos einen ordentlichen Stiefel. Freilich hielten es die Künstler nicht so sehr mit dem feierlichen Stil der Veranstaltung und hatten nun mal ihre eigene Vorstellung von Festivitäten. Das darf man ihnen nicht zum Vorwurf machen.

Der offizielle Teil der Veranstaltung war absolviert. Mäzene und wohlwollende Förderer verließen ihre Sitzreihen und verteilten sich in lockere Gruppen zwecks Small Talk im Saal. Die Damen und Herren vom Catering-Service beeilten sich, ihre mit Sekt-, Mineralwasser- und Saftgläsern gefüllten Tablets kreisen zu lassen. Eine lange Reihe weiß gedeckter Tische, mit allerlei Snacks beladen, zog nicht wenige der Festgäste an. Genau in diese Übergangsphase hinein geschah es, dass die Preisträgerin vor dem Vorstandsvorsitzenden niedersank und dessen rechtes Bein unterhalb des Knies umfasste. Dieser blickte an seinem Anzug hinunter, entdeckte die verknitterte Bügelfalte seines Hosenbeins und die beiden Hände, die seine Wade umklammerten, und fragte teilnahmsvoll: „Kann ich Ihnen helfen?" – Worauf die Künstlerin die Pose einer läufigen Hündin annahm, sich näher an ihn drängte, ihm aus der Tiefe einen tiefen Blick zuwarf und ihn mit brünstiger Stimme aufforderte: „Fick mich, du Wichser!"

So, jetzt war also der Skandal perfekt und die Skandalbewältigung stand an. Zunächst einmal versuchte der Vorstand wieder die Kontrolle über seine Anzughose und das darin steckende Bein wiederzugewinnen, was auch ohne größeren Widerstand der Künstlerin gelang. Bloß kein unschicklicher Körperkontakt mehr. Der musste erst einmal weg. Die Bügelfalte hatte auch keinen Schaden genommen; alle Bilder, die noch eine Spur der Szene hätten zeigen können, waren weg. Es war auch kein Blitzlicht aufgeflammt, keine laufende Kamera, kurz, es gab keine objektiven Zeugnisse der Szene – daraus folgte, dass der Rest gewissermaßen Darstellungssache war. Sollte etwas nachkommen, würden maximal verschiedene Versionen zirkulieren und falls man mit diesen nicht zufrieden war, könnte man immer noch selbst weitere Narrative dazu erfinden und in Umlauf bringen. Frau Ministerin hatte überhaupt nichts vom Vorfall mitbekommen, weil sie sich zum Zeitpunkt des Geschehens außer Reichweite befand, nämlich auf der Toilette. Ihr würde man – falls überhaupt erforderlich – schon eine schonende, ihrer Person angemessen homöopathische Version des Vorfalls verabreichen.

Die übrigen Damen und Herren, die zum Zeitpunkt des skandalösen Geschehens, das jegliche Vorstellung sprengte, sich in der Nähe befanden, hielten es für angezeigt, Stillschweigen zu bewahren – Diskretion ist nun mal die Seele des Geschäfts und zählt zu den beruflichen Reflexen aller im Bankgewerbe Tätigen. So ging man, der Vorstandsvorsitzende allen voran, zur Tagesordnung über, während die Künstlerin, die man für den Rest der Veranstaltung keines Blickes mehr würdigte, in den Tiefen ihres Kreises verschwand.

Dass diese Leute wie die Heuschrecken in den Snacks wüteten, sei nur am Rande vermerkt. Auch das ist allerdings kein

Privileg von Künstlern. Man hat schon von ganz anderen Leuten gehört, die sich am Buffet austobten.

Am folgenden Tag – diese sollte hinzugefügt werden – sprach ein Bereichsleiter, der nicht an der Veranstaltung hatte teilnehmen können und nichts von dem Vorfall gehört hatte, den Vorstandsvorsitzenden aus purer Höflichkeit auf den Ausgang der Veranstaltung an. Kollegen gegenüber äußerte er später, dass er den Chef selbstverständlich nicht gefragt hätte, wenn er von diesem peinlichen Vorfall Kenntnis besessen hätte. Nun, der Chef fasste sich kurz und zugleich wolkig-unbestimmt: „Na, also aus denen werden bestimmt keine Banker." Diese karge Mitteilung wiederum hatte den Bereichsleiter einigermaßen verwundert, kannte er doch seinen Chef als eher gesprächsfreudig, wenn es um die Kommentierung gesellschaftlicher Ereignisse ging. Nein, diesem fehlte für den ganzen Vorfall, der ihm diese Feierstunde auf so schockierend-obszöne Weise verdorben hatte, jegliches Verständnis. Es war keine Beleidigung, er fühlte sich irgendwie von dieser Frau beschmutzt – er, der sein Denken mit einer Teflonschicht versehen hatte, an der alles Missbehagen abtropfte, wurde das unangenehme Gefühl nicht los, dass diese ungehörige Aktion wie geistiger Dreck klebrig an ihm hängen geblieben war. Er mochte sich selbst die Worte der Künstlerin nicht einmal wiederholen. Ekelhaft, diese Frau, und unglaublich unverschämt obendrein. Ja, ganz offenbar hatte sie seinen geistigen Schutzanzug gelöchert und einen bösartigen Treffer gelandet. Und er spürte, dass ihn kein blinder Hass gestreift hatte, sondern ein intelligenter Hass ihn einen Augenblick lang erschüttert hatte. Jetzt aber trug er den Eindruck dieser Erschütterung mit sich herum und wusste nichts mit seinem Unbehagen anzufangen. Ihn plagten die Symptome einer ihm unbegreiflichen Schuld. Es waren keine klaren Schuldgefühle, denn schließlich hatte ihn die Aggression dieser Frau buchstäblich wie aus dem Nichts getroffen. Er war zu ihrer Zielscheibe geworden, ohne dass er durch ein gezieltes Handeln einen Grund für ihre Reaktion gegeben hätte. Andererseits hatte sie keineswegs blindlings die erstbeste Person angegriffen, sondern ihn, weil er offenbar eine Reizfigur für sie war, die Symbolfigur schlechthin in dieser Situation der Preisverleihung. Freilich hatte er während seines Vortrags diese Zurufe aus dem Kreis der Künstler (offenbar störten sich die Professoren gar nicht daran. Hatten sie vielleicht mit gebrüllt, zumindest aber sympathisiert?) mitbekommen. Er ahnte, dass da ein Zusammenhang bestehen musste, konnte oder wollte ihn aber nicht erkennen.

***

Ihre Psyche war längst arg ramponiert und nach normalen Maßstäben hätte man sie für ein menschliches Wrack halten können. Ihr Alltag war mit der Zeit auf eine geringe Anzahl rudimentärer Notwendigkeiten geschrumpft. Sie ernährte sich leidlich mit kleinen Snacks, Konserven, Mensa- oder Kneipenessen. Ihre Klamotten wusch sie im Waschsalon einige Straßen weiter, wohin sie sich mit ihrem klapprigen Fahrrad begab. Ihre Körperpflege bestand aus ausgedehnten Wannenbädern. Dann ließ sie sich treiben, ließ zwischendurch wieder heißes Wasser ein und wäre am liebsten dösend und träumend immer weiter geschwommen bis ans Ende des Ozeans. Auftrieb verschafften ihr der Umgang mit den Mitgliedern ihrer Künstlergemeinde oder ihre Arbeiten, wenn sie wieder einmal vom Gestaltungsbedürfnis ergriffen war. Dann konnte sie nachsetzen, nicht locker lassen. In solchen Hochphasen durften der Joint oder die Apfelpfeife (vorzugsweise Gala aus dem Aldi um die Ecke) nicht fehlen. Im Herstellungsprozess von „BAB" steckten einige Joints und eigentlich wollte sie noch ein verbogenes Hinweisschild einbauen: nächster G-Punkt 5 km. Aber der höhnische Gedanke schwand mitsamt seiner Abbildung aus ihrem Bewusstsein, bevor sie ihn materialisieren konnte. Der Inhalt des Werkes hatte auch so eine ausreichend hohe Dichte erreicht: Eine Welt fährt zur Hölle und hat Spaß dabei. Und offenbar war der Spaß auch aufseiten der Künstlerin, jedenfalls in Form von Sarkasmus und Ironie.

Dieser *second degré* der Distanzierung bildete vorzugsweise ihr Erleben der Gesellschaft ab, wenn sich eine Stellungnahme als unvermeidlich erwies. Und es erschien ihr wenig wahrscheinlich, dass Menschen, die sich „fröhlich", also ergeben, dieser Welt hingaben, noch zu authentischen Existenzerfahrungen befähigt sein könnten. Und wenn um sie her nur noch ein Gestrüpp verfälschter und deformierter Gefühle wucherte und man offenbar immer noch mehr Energie darauf verwandte, diesen Wildwuchs zu fördern, anstatt ihn zu roden, so blieb einerseits nur die – wenn auch zeitweilige – Flucht aus diesem mahlenden Schlamm und andererseits die punktuelle Entladung eines Zeichens – des Protestes? Der völligen Machtlosigkeit? Und doch der gelungenen Distanzierung?

Dass diese Zeichen als solche wenig harmonisch oder friedfertig, noch versöhnlich oder gar liebevoll ausfielen, war Ausdruck ihrer Beziehung zu sich selbst und zu der übergeordneten sozialen und kulturellen Umgebung, die sie wahrnahm. Ihr eigener kleiner Lebenskreis war darin eingebettet wie eine fragile Blase – Fruchtblase, Eiterbeule? Jedenfalls schienen ihre alltäglichen Interaktionen mit dieser Zivilisation, in der sie ihr winziges Leben führte, einen Stoff in ihr zu erzeugen, der nach Entladung strebte. Die endlose Zeichenflut, in der sie sich bewegte, lud sie gewissermaßen auf und – wenn sie nicht gerade in eine Depression verfiel – wurde von ihr aufgesammelt, umgeformt und bisweilen sehr heftig zurückgegeben.

Ihr Skandal mit diesem Banker-Hanswurst gehörte wohl in die Kategorie zerberstender Spiegel. Während sie ihm noch die läufige Hündin vorgespiegelt hatte, indem sie „fick mich" rief, zertrümmerte sie ihm im nächsten Wort schon seinen eigenen Spiegel in den Augen, indem sie ihn als „Wichser" beschimpfte. Wenn dieser Mensch nicht die Kunst und die Preisträger auf so penetrante Weise wie Edelhuren durch die Sülze seiner Laudatio gezogen hätte, wäre es gar nicht zu dieser Szene gekommen. Diese Ungeheuer, diese gestylten Macho-Machthaber, die alles – egal was – bis zur Unkenntlichkeit durch ihre perversen Diskurse drehten und sich selbst dabei fett und unsäglich bräsig redeten – mit einem Mal nahm die Unterdrückung Gestalt an in diesem smarten Banker, der mit jovialem Lächeln und einstudierter Freundlichkeit seinen ideologischen Sirup abspritzte, dieser Zuhälter und ekelhafte Freier in einer Person.

Ich werde dir zeigen, wie du die Welt siehst. Ich nehme die Gestalt deiner Welt an. Ob ich dir helfen kann? Na klar, du Wichser. Wenn man durchschaut ist, fickt es sich nicht mehr so schön durch den Tag. All deine freundliche Wichse kriegst du zurück in die Fresse. Vielleicht gerät dein so schön geöltes Bewusstsein ins Schleudern und dich durchfährt ein heilsamer Schrecken, der ein Stück Nachdenklichkeit freisetzt. Weiß man's? Aber wenn man den Götzen der mörderischen Unmoral in euch anspuckt, werdet ihr behaupten, dass es regnet. Eure Welt habt ihr aus weggeworfener und verkaufter Moral erbaut. Aber man wird euch die Trümmer hinterhertragen und zu einem Spiegel formen, den ihr für einen Zerrspiegel halten werdet, weil ihr eure deformierten Gesichtszüge nicht ertragen könnt.

Und sie spürte, wie die Depression in ihrem Bewusstsein vordrang, weil die Last des Elends wieder zu groß war. Weil ihre Gegenwehr einfach zu gering war und weil ein Abbild nicht mehr war als ein Tropfen auf dem heißen Stein. Weil das Bild, das sie geschaffen hatte, nicht mehr als ein winziger Spiegel war in einer gigantischen Masse von glitzernden und gleißenden Zerrspiegeln, deren Spiel die Menschen beherrschen sollte. Das Kräfteverhältnis war niederschmetternd. Der kleinste Lichtstrahl, so schien es ihr, wurde von unzähligen mächtigen Scheinwerfern überblendet. Sie sah diese riesige gläserne Eingangshalle, in der man die Kunstwerke ausgestellt hatte wie in einem modernen Museum. Völlig disproportioniert kam ihr das vor. Auf der einen Seite dieses Machtzentrum aus Glas und Stahl, turmhoch, dem Himmel entgegenstrebend und mittendrin, wie verloren, ihre armseligen Werke, quasi vom Mund abgespart. Und die Angestellten, die mehrheitlich achtlos zwischen den ausgestellten Werken hindurchliefen, als ob sie ihnen im Weg herumstehen würden – ach wissen Sie, von moderner Kunst verstehe ich nichts. Fragen Sie unseren Vorstand, der hat die Sachen hier angeschafft und wird sich schon was dabei gedacht haben. Etwas wie eine große Resignation bemächtigt sich des Verstandes. Zum tausendsten Mal taucht der Zweifel auf, ob man nicht ein geistiger Geisterfahrer unter so vielen guten Geistern sei. Und zum tausendsten Mal wird man diesen Zweifel wieder mühselig wegräumen wie Sisyphus seinen Felsbrocken. Und wieder wird eine Droge helfen müssen, um aus dem Zweifelloch herauszukommen.

Vielleicht findet auch ein Freund ein tröstendes und aufmunterndes Wort. Mehr als einen kleinen Stein kann man nicht in diesen stinkenden Tümpel werfen. Vielleicht zieht er einige Wellen und bringt Bewegung zu einem Ziel oder die Spritzer landen irgendwo als winziger Lichtblitz. Lass dich nicht beirren. Wir alle stecken in dieser Klemme. Diese Epoche ist so schrecklich undurchlässig und es wird so viel ideologischer Unrat eingespeist, dass einem angst und bange werden kann.

Enrosadira

Der König war verärgert. Sein oberirdischer Kollege und Nachbar hatte ihn nicht zur Vermählungsfeier seiner Tochter Similde eingeladen. Dann werde er sich eben ohne Einladung und unsichtbar dank seiner Tarnkappe unter die Gäste mischen, beschloss er grimmig. Und er legte seinen Gürtel an, der ihm übermenschliche Kräfte verlieh. Er verließ sein Bergreich voller unterirdischer Wunder und Schätze und betrat seinen wunderbaren Rosengarten, den er aus allen irdischen Schönheiten geformt hatte. Als er den Garten verließ, setzte er seine Tarnkappe auf und machte sich auf den Weg. Wenn er sich unter seiner Tarnkappe in der Welt bewegte, war sein Blick für die Schönheit der Welt geschärft und diese Welt hier liebte er als ein besonders schönes Stück der immensen Schönheit, die ihn umgab.

Er erreichte den prächtigen Festsaal, in dem sich die Großen des Reiches versammelt hatten. Der Anblick stellte ihn zufrieden und ließ ihn den Groll vergessen, den er gegen seinen Kollegen wegen der unterlassenen Einladung hegte. Doch dann wanderte sein Blick empor zur Estrade, wo gerade der König und seine Tochter auf vergoldeten und mit Samt gepolsterten Sesseln Platz nahmen. Und während er noch dachte, dass dieses Gold wie alles Silber und alle Edelsteine des Königs aus seinem eigenen Reich den Weg in diesen Saal und in die Schatzkammern des Kollegen gefunden hatten, fiel sein Blick auf Similde und er wurde im Augenblick von ihrer nie geschauten, lebendigen Schönheit überwältigt. Er sprang mit einem Riesensatz auf die Estrade, ergriff die Königstochter und schon stürmte er mit ihr aus dem Saal, um sie in sein Reich zu entführen. Der Schleier seiner Tarnkappe legte sich über das Mädchen und entzog sie beide den Blicken. Doch Simildes Verlobter und seine Leute nahmen sogleich die Verfolgung auf. Auch wenn sie die beiden nicht sehen konnten, so wussten sie, dass nur Laurin der Entführer sein konnte. Er würde zum Rosengarten fliehen. Und in der Tat stellten sie ihn dort, weil die Rosen dieses Irrgartens der Schönheit seine Bewegungen anzeigten. Sie entrissen ihm seine Tarnkappe und zerbrachen seinen Gürtel aus Erz. Dann nahmen sie Laurin gefangen und Similde wieder in ihre Obhut. Laurin aber kehrte sich in seiner Ohnmacht um und belegte seinen Rosengarten, der ihn verraten hatte, mit einem ewigen Fluch. Kein menschliches Wesen solle ihn mehr schauen, weder bei Tag noch bei Nacht. Aber er vergaß das winzige Intervall der Dämmerung, wenn an wunderschönen Tagen die Natur die Enrosadira schickt und ihr geheimnisvolles Leuchten der Widerschein von Laurins Rosengarten ist.

***

Ein junges Paar wanderte die Imster Rosengartenschlucht empor. Wenngleich diese Klamm, die der Schinderbach kurz vor seiner Einmündung in den Malchbach bildet, nur den Namen mit Laurins Rosengarten teilt, so rief an diesem Tag der Name der Schlucht jenen fernen Rosengarten und seine wundersame Sage in ihnen wach. Die Sage wurde zum Gesprächsgegenstand, der sie während des Aufstiegs begleitete. Da und dort nahm ihre Unterhaltung gewisse gedankliche Stufen, wie der enge, in den Fels gehauene Pfad, dessen schmale Stege mal auf die linke, mal auf die rechte Seite des in Kaskaden tosenden Baches führten.

Während sie das wunderbare Schauspiel der zu Tal tosenden Wassermassen schauten, meinte die junge Frau: „Eine wundersame Sage. Ich werde nie dieses Alpenglühen vergessen, das wir auf dem Kaufbeurer Haus erleben durften. Es war überwältigend. Die Westwand der Urbeleskarspitze sah aus wie eine riesige Mauer aus purem Gold. Wie doch die Abendsonne und diese Felsenwelt miteinander spielten und die fernen Spitzen der Allgäuer wie Feuerglut rötlich leuchteten. Eigentlich hat König Laurin die Schönheit dieser Welt als Rosengarten gehütet."

„Vielleicht ist diese Schönheit gerade in den Strudeln dieses Baches verborgen", entgegnete ihr Gefährte, während sie auf einem Steg standen und den Strom schauten, der sich in einen Trog stürzte, sich kreisend bewegte, um über den glatt geschliffenen Rand hinweg weiter in die Tiefe zu strömen.

„Aber warum musste Laurin die schöne Similde entführen?", fragte die Gefährtin. „Laurin war doch der Meister der Schönheit. Er hatte den Blick für alle Schönheit der Welt und seinen Rosengarten nach ihrem Bild geschaffen."

„Hm, und wenn Similde eine Schönheit besaß, die er nicht selbst erschaffen konnte und die ihm fehlte?" Sie hatten die Felsen der Klamm durchstiegen und waren auf dem Flachstück einer kleinen Querung angelangt. Links war ein Holzgeländer und rechts stand eine Bank. Ein Aussichtspunkt, der den Blick einlud, über das Städtchen Imst hinweg zu schweifen.

„Ein schönes Panorama", meinte der junge Mann. „Alles von der Natur und den Menschen geschaffen. Unzählige harmonische Gleichgewichte halten diesen Flecken Erde zusammen. Und wir finden ungeheuren Gefallen an diesem Bild."

„Laurin hätte unter seiner Tarnkappe die Schönheit seiner Welt mit einer Intensität geschaut, die unsere Vorstellung unendlich übertrifft?"

„Ja, und sie gewissermaßen in seinem Rosengarten hinterlegt."

„Jetzt verstehe ich!", rief die junge Frau aus und ihr eigener Gedanke setzte sie in Erstaunen.

„Ach, was verstehst du?"

„Similde ist die lebendige Schönheit der Menschen. Und die konnte er nicht abbilden und in seinem Rosengarten nachbilden. Das muss ihm beim Anblick der Frau bewusst geworden sein. Und im selben Augenblick raubte er sie, um mit ihr zu sein."

„Ja, so könnte die Auflösung dieses Motivs der Sage aussehen. Similde wäre genau das Fehlende, um die absolute Schönheit zu vollenden und seiner Welt dauerhaft hinzuzufügen."

„Und das konnte nicht gelingen. In der Sage sind es die Ritter, die Laurin überwältigen und Similde wieder in die Welt der Menschen zurückführen. Aber wie lösen wir die Bedeutung dieser Ritter auf?"

„Ich denke, Laurin überschreitet die Grenzen seiner magischen Macht. Similde ist eine menschliche Schönheit. Niemand kann sie besitzen oder gar erschaffen – und schon gar nicht den anderen entziehen. Sie gehört allen Menschen. Die Ritter holen Similde zurück, d. h. sie machen ihre Schönheit wieder menschlich, während Laurin im Begriff war, sie im Gefängnis des Übernatürlichen einzuschließen."

„Ja, du hast recht. Und doch finden wir Laurins Rosengarten maßlos und übermenschlich schön."

„Ich glaube, das soll auch so sein und ist auch gut so. Aber die menschliche Schönheit hätte all ihre Lebendigkeit verloren, wenn Laurin sie aus der Welt der Menschen in sein Zauberreich entführt hätte."

Sie wanderten oberhalb der Klamm im lichten Nadelgehölz. Bald würden sie die Talstation des Sessellifts erreichen und sich ein Stück weit in die Höhe tragen lassen.

Die junge Frau nahm erneut den Faden ihrer Unterhaltung auf und meinte: „Similde, also ihre Schönheit, ließ sich nicht in Laurins Reich entführen. Das sagt diese Sage ja wohl eindeutig. Es gibt daran auch keinen Zweifel. Mit keinem Wort wird Laurin verteidigt oder seine Entmachtung als ungerecht zu verstehen gegeben. Die Entführung erweist sich als – salopp gesprochen – ein Flop."

„Du hast recht. Übrig lässt die Sage eigentlich nur den Rosengarten. Der ist am Anfang und auch wieder am Ende da – und am Ende gar mit einer neuen Sinnhaftigkeit versehen. Ich meine, Laurins Rosengarten ist der eigentliche Gewinner der Sage."

„Die Sage unterstreicht seine überirdische Schönheit. Die war bekannt, aber niemand hatte sie zuvor geschaut. Sie war für das menschliche Auge unsichtbar, weil ja niemand eine Tarnkappe besaß, die das besonders intensive Schauen der Schönheit dieser Welt erlaubte."

„Ja, und der berühmte Fluch des besiegten Laurin wird zum Segen für die Fähigkeit der Menschen, die Schönheit zu schauen, indem die Enrosadira für alle mit genau dieser Schönheit aufgeladen und sichtbar gemacht wurde."

„Das grenzt doch an Magie. Die Worte der Sage laden dieses Naturschauspiel mit einer Bedeutung auf, die bis dahin niemand wusste – von der jedenfalls keine überlieferte Rede war. Mit ihrem Erscheinen speicherte die Sage jedoch dieses Schauen übermenschlicher Schönheit, machte es den damaligen Hörern zugänglich und wer wollte, konnte sich daran beteiligen?"

„Jeder kann sich beteiligen – bis auf den heutigen Tag. Die Sage ist ein echtes Erbstück unserer Kultur. Wir beteiligen uns doch an dieser Sage, indem wir uns darüber unterhalten."

„Und warum halten wir die Enrosadira für das wichtigste Ergebnis?"

„Vielleicht weil sie von der Sage selbst herausgestellt wird. Wir folgen einfach der Spur, die von der Sage gelegt wurde."

„Wohin mag diese Spur uns führen wollen? Die reine, letztlich abstrakte und übermenschliche Schönheit kann nicht gemeint sein. So können die damaligen Menschen nicht empfunden oder gar gedacht haben."

„Vielleicht haben die Menschen damals unbewusst im Rosengarten der Laurin-Sage ihre Heimat geschaut und zum Ausdruck bringen wollen, welch großen Wert sie besitzt."

Unterdessen waren sie an der Mittelstation ausgestiegen und zu den Platteinwiesen gewandert. Am großen Holzkreuz hielten sie inne. Und als sie schauten, war es ihnen, als hätte ihr Laurin-Gespräch ihren Blick für die Schönheit der Welt um sie her geschärft. Vielleicht auch ihren Glauben bestärkt, dass diese Welt unzerstörbare Harmonien besaß und der Mensch ganz gewiss fähig war, sie zu schauen, tief in sie zu dringen und sie tief in seinem Herzen zu verankern.

Zwischen Kopf und Kopftuch

Gewohnt pünktlich um 16 Uhr beendete er seine Arbeit und erreichte nach einem zügigen Fußmarsch von zehn Minuten eine Straßenbahn, die in aller Regel um diese Uhrzeit am unterirdischen Bahnsteig in der Innenstadt einlief. Er bestieg den kaum besetzten vorderen Wagen und fand einen Sitzplatz ganz vorn in Fahrtrichtung und neben der Tür. Von dort erreichte er beim Aussteigen an der Vorstadthaltestelle mit ein paar Schritten die Treppe hinunter zum Ausgang. Jede Minute und jeder Meter waren genau ausgemessen, um die Heimkehr von der Arbeitsstelle zur Wohnung optimal durchzuziehen.

Die Straßenbahn füllte sich an den folgenden Stationen mit einigen Fahrgästen. So richtig voll wurde sie allerdings erst an einer bestimmten Haltestelle, wo um diese Tageszeit ganze Scharen von Schülern des nahe gelegenen Gymnasiums einstiegen. Eine Haltestelle zuvor jedoch stieg eines Tages eine junge Muslima ein und setzte sich ihm schräg gegenüber auf den kleinen Klappsitz direkt an der Wand der Fahrerkabine. Mit dem Rücken zur Wand konnte sie den Wagen in seiner ganzen Länge überblicken. Offenbar befand auch sie sich auf dem Heimweg und kam von einem Unterricht, den Heften und Mappen nach zu urteilen, die sie bei sich trug.

Natürlich fiel ihm ihr helles Gesicht mit seinen ebenmäßigen, wirklich hübschen Zügen auf. Eingerahmt war es von einem modischen Hijab aus cremefarbenem Satin, unter dem ein nicht allzu tief über die Stirn gezogenes beigefarbenes Untertuch hervorlugte. Die übrige Kleidung bestand aus einer sandfarbenen Tunika und einer dunkelblauen, Falten werfenden Hose. Dazu dunkelbraune halbhohe Schuhe aus glattem Leder. Die Bekleidung wirkte nicht billig und das Mädchen schien aus gewissermaßen gut betuchtem Hause zu sein. Wie alt mochte sie sein? Schwer zu sagen. Er schätzte sie auf sechzehn Jahre, vielleicht auch schon etwas älter. Das Alter junger Frauen war seiner Meinung nach in der heutigen Zeit ohnehin schwer einzuschätzen. Die jüngeren stylten sich auf älter und die älteren versuchten sich zu verjüngen. Erst wenn eine Frau den Mund auftue, könne man sich eine genauere Vorstellung von ihrem Alter machen. Und selbst in diesem Punkt war er sich nicht wirklich sicher.

Nun, Muslima mit Kopftuch gab es nicht gerade wenige in der Stadt und in der Regel schenkte er ihnen auch keine weitere Beachtung, nicht einmal dann, wenn er mit ihnen im Bus oder in der überfüllten Straßenbahn auf Tuchfühlung war. Es war allseits geübte Praxis, sich keines Blickes zu würdigen und er selbst hatte gelernt, im öffentlichen Raum durch Menschen teilnahmslos hindurchzublicken, automatisch und ungeachtet ihres Outfits oder ihrer zur Schau getragenen religiösen Zugehörigkeit.

In diesem Falle aber war es anders. Etwas in dem Mädchen zog seine diskreten Blicke auf sich und ihm wurde bewusst, dass der Grund für seine Neugier der Blick des Mädchens war. Es war ein wacher und zugleich unruhig bewegter Blick, der hin- und herzuwandern schien über die Umgebung, ohne einen Gegenstand oder eine Person auch nur einen Augenblick zu fixieren. Und zugleich, so erschien es ihm, waren die beiden Augen so weit aufgerissen, dass man in sie hineinzusehen vermochte und er den Eindruck gewann, in ihrer Tiefe wogte eine aufgewühlte See. Zugleich wurde dieser Eindruck jedoch überlagert von etwas Herausforderndem, das weniger nach außen, sondern eher nach innen gerichtet war, gerade so als ob sie sich selbst dazu auffordern würde, einen unsichtbaren Gegner anzunehmen und in Schach zu halten.

Als auch beim nächsten Mal und immerfort ihre Blicke in der gleichen Weise flackerten, setzte sich bei ihm der Gedanke fest, es müsse sich in dem Mädchen eine Art geistiger Kampf abspielen, und dies über einen längeren Zeitraum hinweg. Er war nur zufällig Zeuge geworden und wisse gar nicht, wie lange schon diese eigenartige Unruhe das Mädchen beherrsche und noch beherrschen werde.

Er dachte, dass er mit einer gewissen Berechtigung vermuten könnte, es handle sich vielleicht um einen Kampf, der mit der Spiritualität des Mädchens zu tun habe. Allerdings sei es unmöglich, Klarheit zu gewinnen. Er könne doch nicht das Mädchen bitten, sie solle ihm die Unruhe ihres Blickes erklären. Und so erging er sich in der Folgezeit in Mutmaßungen und in ihm bildete sich der Gedanken eines Kultur- und Kommunikationskonflikts.

Ist es denkbar, dass sich das Mädchen in einem derartigen Zwiespalt befindet? Ist es überhaupt sinnvoll, einen derartigen Zwiespalt anzunehmen? Ja, entschied er, selbst wenn dieses Mädchen ganz und gar nichts mit seiner Mutmaßung zu tun hatte, so hatte sie ihm doch diese Vorstellung eines geistigen Zwiespaltes suggeriert. Und diese Vorstellung fand er in Anbetracht der kulturellen Konfliktsituationen, die sich in dieser Gesellschaft gebildet hatten, sehr plausibel und bedenkenswert.

Er hatte in den folgenden Wochen noch häufiger Gelegenheit, die Gegenwart dieser jungen Frau auf sich wirken zu lassen. Ihre Tagesabläufe und Gewohnheiten führten sie immer wieder zur gleichen Uhrzeit und für fünf Stationen genau an jener Stelle im Straßenbahnwagen auf einen Abstand von vielleicht drei Metern zusammen. Offenbar hatte sie ebenso wie er selbst ihren Weg genau abgezirkelt.

Unruhe und Anspannung schienen ihr Bewusstsein zu dominieren. Und obwohl er scheinbar unbeteiligt an ihr vorbeisah oder durch sie hindurch, beobachtete er sie sehr genau und versuchte, in den Regungen ihres Gesichtes zu lesen. Und in ihm wuchs die Überzeugung, dass in der jungen Frau etwas vorging, das mit ihrer Religion, ihrer sozialen Rolle und Identität zu tun haben musste.

Aber auch wenn er dem Mädchen inexistente Spannungsfelder andichten sollte, so hätte ihm das Gesicht dieses Mädchens Anlass geboten, bestimmte Überlegungen über gewisse Mauern des Schweigens anzustellen, die sorgfältig um die Frauen jener Kultur errichtet werden.

Er nannte seine junge Wegbegleiterin das Mädchen mit dem Kopftuch. Muslima wollte er sie erst dann nennen, wenn zwischen ihrem Kopf und dem Kopftuch kein Spannungsfeld des Zwiespalts mehr existieren sollte. Noch schien sie geistig nicht in jenem Wesen angekommen zu sein, das unbeirrbar seine religiösen und sozialen Wege geht.

Freilich habe er nur ihren Blick erhaschen können und habe sich Gedanken zu seiner Eigentümlichkeit gemacht. Ihm fehlten Informationen, die nur das Sprechen, der Dialog, hätten freigeben können. Aber welche Chance zu sprechen hätte das Mädchen, wenn es denn überhaupt wollte. Man würde ihr unbotmäßige Worte aus dem Mund reißen, von der Zunge kratzen und ihr die rechten Worte in den Mund legen. Es gab keine Mauer des Schweigens, es gab einen dichten Ring von Vormündern, die jeglichen Bau kommunikativer Brücken vereiteln, weil das ihr Geschäft verderben und die Fundamente ihrer patriarchalischen Macht untergraben würde. Und selbst die Frauen waren Vertreterinnen dieser Autorität, gaben sie ihren Kindern weiter, zu geschlechterverschiedenen Teilen. Es gab eine Mauer des Übersprechens, des laut Übertönens. Insofern sei seine Spekulation, seien seine Mutmaßungen, die der Blick dieser Muslima veranlasst habe, auch als Plädoyer für unverfälschte Kommunikation zu verstehen – und die beginne eigentlich immer mit feinsten Wahrnehmungen, die uns berühren und nachdenklich stimmen.

Nach einigen Wochen tauchte das Mädchen nicht mehr auf. Ebenso unvermittelt wie es in sein Blickfeld getreten war, war es wieder verschwunden. Ihre Wege werden sich geändert haben und mehr werde er wohl nie über sie erfahren. Nur ihren Blick, den hatte sie ihm gelassen, ohne es zu wissen, ohne es zu wollen, einfach so. Er hatte ihn aufgefangen und in einen Gegenstand seiner Nachdenklichkeit verwandelt. Er wünschte dem Mädchen viel Glück und hoffte, dass ihr die Lebendigkeit, die ihr Blick spiegelte, nicht abhandenkomme, dass der Blick weder erlösche noch erstarre oder sich mit harten Abweisungen auflade. Und angesichts der ungeheuren Intensität, die von ihrem Blick ausgegangen war, stellte er sich vor, dass diese Energie ein geistiges Potenzial sein könne und dieses

Mädchen vielleicht das Zeug dazu habe, eine islamische Fanatikerin oder Dissidentin zu werden.

Er selbst betrachte das soziale Geschehen und seiner Akteure um ihn her mit dem Fischblick des erprobten Dauerkarteninhabers am sozialen Geschehen. Allerdings war sein Blick mit den Jahren ziemlich hintergründig geworden. Das brauche es aber auch, um mit den vielen neuen Abgründen der heutigen Zivilisation halbwegs zurechtzukommen.

Während er ausstieg und die Stufen hinunterging, dachte er schmunzelnd, dass er seinen Verstand gern mobilisiert hätte, um diese junge Frau dabei zu unterstützen, eine kluge Dissidentin zu werden – mit oder ohne Kopftuch. Und fügte ironisch-selbstkritisch den Gedanken hinzu, ob das jetzt eine unstatthafte paternalistische Regung in ihm gewesen sei.

Der Tod im Stadtpark

Ein angenehmer Frühsommertag – der alte Herr bewegte sich schwerfällig, doch vergnügt auf seinen Rollator gestützt durch den Stadtpark. Er steuerte seine bevorzugte Bank an, die unweit des Kleinkinderspielplatzes stand, jedoch in einem so großen Abstand, dass sie nicht von den Müttern und – seltener – Vätern genutzt wurde, die ihre Kinder beaufsichtigten. Auch mit Stadtstreichern war nicht zu rechnen. Diese versammelten sich zu ihren alkgestützten Palavern in einer anderen Ecke des weitläufigen Parks.

Nein, es war eine typische Rentnerbank unter einer Rotbuche, die ordentlich Schatten spendete. Und am Vormittag, wenn er seine Frührunde drehte, war die Bank zumeist leer. So auch heute, was ihm recht war, denn um diese Tageszeit stand ihm nicht der Sinn nach Unterhaltungen mit Menschen seiner Generation über Banalitäten oder die Gebrechen, die man im Alter bekommt, obwohl man sie gar nicht bestellt hat und auch gar nicht braucht. Seinen Vormittag widmete er der Beschaulichkeit, diesem *Dolce far niente* des Alters, das so manche Beschwerlichkeit vergessen ließ.

Da und dort rührte sich etwas. Sein Blick verfolgte amüsiert zwei Amseln, die eifrig auf dem kürzlich gemähten Rasen hin- und herliefen, immer wieder stehen blieben, um aufmerksam nach Gewürm oder Krabbeltieren zu spähen. Eine Gruppe junger Schülerinnen und Schüler zog an ihm vorbei in einer Wolke aus lauten Wortfetzen, Geschrei und Gelächter. Ein Junge versuchte, eine Klassenkameradin an den Po zu packen. Das Mädchen drehte sich um und deutete einen Fußtritt in

Richtung seiner Genitalien an. Beide lachten. Ein Mitarbeiter der städtischen Reinigung pickte gleichmütig Kippen und Papier aus dem Rasen oder klaubte sie vom Betonsteinpflaster des Weges und sammelte sie in einem großen Kunststoffbeutel, den er gemächlich neben sich herzog.

Der Tag brachte wieder einmal die gewohnte Zahl bunt gemischter kleinteiliger Ereignisse hervor, banal oder schwach signifikant, nicht der Rede wert und doch rührend. Und er dachte, wie schön es doch wäre, wenn jetzt aus dem Strom der bescheidenen Ereignisse, von denen er unzählige in seinem Leben mit seinen Augen gesehen hatte, eine Geschichte herausspringen könnte, lebendig und schön wie ein Delfin. Doch längst wusste er, dass dies ein Wunsch bleiben würde, und er hielt es für die Eigentümlichkeit des Alters, alles Geschehen allerhöchstens als ein Patchwork der Ereignisse zu sehen, die kaum einmal eine Pointe zustande brachten. Nein, es mochten keine Geschichten entstehen, unzählige Anekdoten vielleicht.

Garantiert werde einer daher geschlurft kommen, mit seinem Sprechsack prall gefüllt mit Erinnerungen und auf der Suche nach einem geneigten Ohr, das sich das Geblubber anhört. Meistens fangen solche Leute ganz harmlos mit dem Wetter an. Damit loten sie aus, ob sie ein geeignetes Opfer für ihren Erinnerungsanschlag gefunden haben. Geht man aus Höflichkeit darauf ein, so ist man ihnen auf den Leim gegangen. Schon hängt man am Haken der eigenen Höflichkeit und kann den Kollegen nicht mehr abschütteln. Komisch, im Alter scheinen Männer und Frauen wieder unter sich zu sein mit ihren Palavern. Manche Kollegen sind nicht zu stoppen. Altersbedingte Sprechinkontinenz. Blättern durch ihre Existenz, wie durch ein Fotoalbum. Aus den Fotos fallen Anekdoten, wie Fußnoten ihres Lebens – genau das Richtige fürs Fußvolk des Daseins, voll mit den Fußtritten ihrer Existenz.

Er selbst war mit zunehmendem Alter noch weniger mitteilsam geworden, als er ohnehin schon gewesen war. Sein Leben war ein Kommen und Gehen von Ereignissen, Geschehen und Vorkommnissen. Und wenn er die Werbung der Reiseveranstalter sah, wie sie mit erlesenen Erlebnissen, spannenden Begegnungen und bleibenden Eindrücken lockten, so konnte er nur milde lächeln. In seinem ganzen Leben hatte er nicht einen Urlaubstag aus dem Reisekatalog verbracht. Sein Erleben der Welt hatte er sich selbst besorgt und oft ging die Reise gleich um die Ecke los. Man muss nur die Augen öffnen und schon ereignet sich etwas, Geschehen, wohin man blickt, in der Natur oder in der Welt der Menschen. Teils ist man selbst als handelnde Person dabei oder als Betroffener, noch häufiger als Zuschauer.

Freilich ist der Strom der Ereignisse nicht gleichmütig. Immer wieder bäumt er sich auf – selten zu schönen Momenten. Die Christen behaupten, die Geburt Jesu sei ein Ereignis, tausendmal schöner als jedes Unglück dieser Welt. Der Beginn einer ungeheuer schönen Geschichte, mit einem Stern als wunderbarem Wegweiser. Die Geschichte unserer Erlösung vom Bösen. Eine schwierige Geschichte, niemand kann sie erzählen.

Vor Jahren hatte der Tod seiner Lebensgefährtin ihn hart getroffen und er mochte mit niemandem über seine geliebte

Frau sprechen. Ihr Verlust hatte sein Leben in eine Vorzeit und eine Nachzeit gespalten. War ihr gemeinsames Leben eine Geschichte? Möglich, aber nicht für ihn. Sein Leben mit ihr wollte sich ihm nicht als abgeschlossene Vergangenheit tröstend zeigen.

Oder erfreuliche Ereignisse, wie kürzlich der Geburtstag seiner Urenkelin. Der Wievielte war es überhaupt? Vier oder fünf. Fünf schon, wie die Zeit vergeht. Dann müsse sie bald in die Schule. Nur nicht zu früh. Ihn hatte man damals schon mit fünf in die Schule gejagt. Viel zu jung war er, wie es ihm später oft schien. Noch viel zu verspielt, hatte noch nicht ausgespielt. Eigentlich hatte er nie aufgehört zu spielen, hatte das Leben nie wirklich ernst genommen, es oft verdächtigt, ein übler Scherz zu sein. Auch vom Sozialleben ließ er sich nicht überzeugen – zu viel Heuchelei, Verlogenheit schon in der Intimität zweier Menschen. Vielleicht war auch dies ein Grund dafür, dass in ihm keine Geschichten heimisch werden wollten und ihm nichts Erzählbares über die Lippen kam.

Eine türkische Mutter, eine Mutter mit türkischen Wurzeln oder Hintergrund, genervt stellte er fest, dass er mit den Sprachregelungen, die in den Medien verbreitet wurden, nicht mehr zurechtkam und es auch gar nicht mehr wollte. Jedenfalls schob diese Frau mit typischem Kopftuch und im knöchellangen schwarzen Mantel einen Kinderwagen vor sich her, hatte ein Kind drin. Welche Geschichten diese Leute hier wohl leben? Lebten sie überhaupt Geschichten? Oder setzte sich ihr Leben auch nur aus Ereignissen, freudigen und weniger freudigen, zusammen, die kaum den Grad eines Erlebnisses erlangten. Diese Frau – und nicht nur diese da – schien seltsam ungerührt auf die Welt zu blicken. In ihren Gesichtszügen lag eine eigenartige Starre.

***

Wie aus dem Nichts erscholl das Knattern eines Hubschraubers und schwoll an. Schon tauchte er über ihm in niedriger Höhe auf, bewegte sich Richtung Unfallklinik im Osten der Stadt, war hinter einer Häusergruppe verschwunden. Der Motorenlärm erstarb abrupt. Der rote Rettungshubschrauber, ein Unfall, vielleicht auf der Autobahn, dachte er mechanisch. Ein Spatz schaute vorbei, hüpfte näher an ihn heran und blickte mit geneigtem Köpfchen fragend zu ihm empor. Nein, er hatte keine Krumen dabei. Das Tier hüpfte unschlüssig umher und schwirrte wieder davon.

So viele Ereignisse hatte es gegeben und würde es immer geben bis ans Ende, nahm er den Faden seiner Betrachtung wieder auf. Vielleicht hatte er sich nicht aus dem Strom der Geschehnisse lösen können (oder gar nicht wollen?). Hatte sich sanft treiben lassen, anstatt einen festen Grund zu legen, einen Plan zu verfolgen und sich mit sorgfältig geplanten und kalkulierten Ereignissen seiner Wahl zu umgeben, ja zu wappnen gegen das Zerrinnende. Alle übrigen hätte er grundsätzlich abprallen lassen oder nur an sich herangelassen, wenn sie in den eigenen Kram passten. Die Leute leben wie Spinnen in ihren Netzwerken. Zu allen Zeiten gab es Netzwerke, die wieder zerreißen. Neue Netze müssen geknüpft werden. Wo sind ihre Geschichten?

Seine Gefährtin hatte verstanden, dass er höchstens mit einem Bein in der sozialen Realität stand. Er organisierte sein Berufs- und Sozialleben mehr schlecht als recht. Interessierte sich kaum für sein berufliches Fortkommen, ließ Gelegenheiten aus, die er hätte ergreifen müssen, hatte keine „Connections". Mit dem anderen Bein stand er in seinen Betrachtungen. Aber es waren keine Träumereien, nein, er war kein Traumtänzer. Ihm konnte es passieren, zu sozialen Ereignissen ein paar Sätze zu sagen, die ruckzuck einen Punkt aufs „i" der Gesellschaft setzten, wenn es wieder mal darum ging, eine Verlogenheit oder Bösartigkeit beim Namen zu nennen. Aber er war nicht missionarisch, kein Eiferer der Gerechtigkeit. Vielleicht war das Gefühl des Ekels einfach zu groß.

Sein Blick fiel auf die Biene, die sich der Phaceliagruppe neben der Bank genähert hatte und begann, sich in die kleinen Blütenkelche zu drängen, den Nektar zu erbeißen und noch mehr Pollenstaub in den Körbchen ihrer Hinterbeine zu sammeln. Und er konnte sich nicht satt schauen am winzigen und unermüdlichen Geschehen, von einem Blütenkelch zum anderen.

Ging die Biene systematisch vor, von der Intensität des Duftes geleitet oder gondelte sie dem Zufall folgend von einer Blüte zur anderen? Manchmal kam sie zurück zu einem zuvor besuchten Kelch, von dem sie sogleich wieder abließ. Offenbar bemerkte sie, dass sie die Blüte schon geleert hatte – was sie sich ebenso offenbar nicht gemerkt hatte. Schließlich summte sie in einem weiten Bogen und Höhe gewinnend davon. Ende des Ereignisses. Natürlich könnte er in der Fachliteratur nachlesen, wie die Ereignisse dieser Biene weitergehen und am Ende wäre ein sich wiederholender Kreislauf erforscht und beschrieben. Aber sollte er das bei jedem Ereignis tun, das seine

Aufmerksamkeit erregt hatte? War es nicht für ihn wichtiger, einen Zipfel der allgegenwärtigen Dynamik dieser Welt zu erhaschen?

Wieder erfüllte jäh ein Dröhnen die Luft. Der Rettungshubschrauber schien auf dem Rückflug zur Unfallstelle zu sein, musste wohl noch Verletzte eilig abholen. Gleichzeitig ertönte in der Ferne an verschiedenen Ecken im Norden der Stadt das Geheul von Sirenen. Offenbar rückten zahlreiche Löschzüge der Feuerwehr aus. Oha, da war wohl etwas Größeres passiert, vielleicht ein Werksunfall. Dar-über könnte morgen etwas in der Zeitung stehen – mindestens im Lokalteil.

Jetzt hatten Hubschrauber und Sirenen ihn aus seiner Beschaulichkeit gerissen und seine Nachdenklichkeit geweckt. Er dachte: Und wieder ein Unfall aus der Serie „Der Mensch und seine Technik", eine Episode aus der Geschichte menschlicher und technischer Unzulänglichkeit, die niemand erzählte.

Und mit einem Mal fiel ihm eine Diskussion ein, die er einst mit einem Studienkameraden geführt hatte. Damals erprobten sie viele Ideen. Mit ihrem Feuereifer sprachen sie über exakte Größen und schlüssige Formeln und Gesetze, die Äonen überdauern. Schon die alten Römer wussten, dass eins und eins zwei ist und alles Geschehen dieser Welt werde daran nichts ändern. Aber alles Gesetzes- und Formelwissen der Menschen lässt sich nur mit der Oberfläche der Welt, der Materie und der menschlichen Seele füllen. Und in jedem Know-how steckt die „Erbsünde" der menschlichen Begrenztheit. Alle Vorkehrungen können das Unglück nicht aus der Welt schaffen. Die Erkenntnisse des Menschen scheitern unvermeidlich am unzureichenden Verstehen der Materie und seiner selbst. Jedes

Unglück holt uns auf den harten Boden unserer Begrenztheit zurück, schmerzhaft und nicht selten tödlich.

Und selbst wenn – in der theoretisch-illusorischen Annahme – unsere Intelligenz der Materie und der Materialien, die wir ihr für unsere Zwecke entnehmen und formen, absolut perfekt wäre, so könne immer noch ein Mensch unvorhersehbar an die Schwachstelle geraten – als fahrlässiger Bediener oder vorsätzlich als Saboteur. Und das Material selbst, das der Mensch verwendet, ermüdet wie sein eigener Organismus. Aus diesen Schwachstellen bricht das Unglück hervor, überwindet alle Schranken. Überall hausen Schwachstellen, weil dies so sein muss, angefangen in unserem eigenen Körper …

Hinter den Häusern und Baumgruppen wurden wieder Hubschraubergeräusche laut, sie schwollen an, schienen über ihm stehen zu bleiben. Das Klatschen der Rotorblätter wurde immer intensiver, bohrte sich förmlich in sein Bewusstsein. Der Kopf sank vornüber, der Körper sackte ergeben in sich zusammen, der Lärm wurde weiche Watte, klang aus und verstummte weit hinten.

***

Zügig scrollte der Chef der Lokalredaktion durch die jüngsten Pressemeldungen der Polizei. Die übliche Mischung aus Delikten und Unfällen. Er hielt inne. Die vielleicht, das wäre doch was für eine kleine einspaltige Notiz im Lokalteil, als Füller. Rentner, Stadtpark, Bank, Herzversagen. Kann der Volontär machen.

Der Schwefeldioxidaustritt im Chemiewerk im Norden der Stadt war das beherrschende Thema. Ein dramatisches Unglück, zu dem er selbst einen ausführlichen Bericht schreiben musste. Drei Tote und fünf schwer verletzte Mitarbeiter waren zu beklagen. Verätzungen der Haut und der Atemwege. Die Oleumdämpfe hatte die Werkfeuerwehr mithilfe der Berufsfeuerwehr schließlich mit einem Wasserschleier niedergeschlagen. Für die umliegenden Betriebe und die benachbarten Wohnbezirke bestand keine Gefahr. Zur Unfallursache und dem genauen Hergang gab es noch keine Informationen. Anrufe bei der Werksleitung und den zuständigen Behörden waren erforderlich. Die Leute wollen in solchen Dingen Klarheit und keine Verschleierung – weder der Ursachen noch der Verantwortlichkeiten. Traurig für die Angehörigen. Schemenhaft kam ihm noch einmal dieser Parkbank-Rentner in den Sinn. Doch dessen Tod blieb stumm.

Morgengang

Seine Frau hatte ihm aufgetragen, bei Aldi eine Prepaid-Karte zu 15 Euro für ihr Smartphone zu kaufen. Bei der Gelegenheit solle er auch gleich zwei Mehrkornbrötchen mitbringen und die Fernsehzeitung. Nach seiner Rückkehr werde man frühstücken.

Gegen halb acht holte er sein Fahrrad aus dem Keller, stemmte es die Treppenstufen empor und machte sich auf den Weg. Allerdings steuerte er die Filiale nicht direkt an, sondern gönnte sich eine kleine Runde durch die Wiesen, Weiden und Felder, die sich unmittelbar hinter den Häusern ihrer Siedlung ausbreiteten. Einen Teil der Flächen hatte die Stadt schon an eine große Baugesellschaft verkauft, die damit begonnen hatte, sündhaft teure Einfamilienhäuser zu errichten. Hier am Stadtrand entstand gerade die dritte Generation von Wohngebäuden der Nachkriegszeit. Der erste Gürtel bestand aus echten Einfamilienhäusern mit einem ansehnlichen Grundstück. Mit seiner Frau wohnte er im zweiten Gürtel in einer Zeile ordentlicher Mehrfamilienhäuser und Einfamilienhäuser, die schon enger zusammengerückt waren. Jetzt wurde die vorerst letzte Generation in Angriff genommen. Kanalrohre und Kabel waren schon verlegt. Er betrachtete kopfschüttelnd die ersten Rohbauten. Sie besaßen eine einfältige Architektur von der Stange, waren auf engstem Raum zusammengerückt, die Bauweise längst nicht mehr massiv. In ein paar Jahren würde die weiß strahlende Fassadenfarbe stumpf sein und Moos ansetzen. Die Illusion des Einfamilienhauses. Nur die Preise waren explodiert. Die Alteingesessenen waren gegen das Bauprojekt Sturm gelaufen. Aber ihre Bürger-initiative hatte keine Chance – einfach zu viel Geld im Spiel, sowohl für die Investoren, Baugesellschaften als auch für den Stadtkämmerer.

Unterwegs traf er verschiedene Hundebesitzer an, zumeist weiblich, die ihren Hund an der Leine führten oder frei lau-fen ließen, ebenso Radfahrer, Jogger und Nordic Walker. Das typische Morgenpublikum eines Wochentags, Leute, die als Rentner, Pensionäre, Hausfrauen mit gut verdienenden Gatten oder aus anderen Gründen nicht an einem Arbeitsplatz zu er-scheinen hatten.

Die sportlich unterwegs waren, trugen entsprechende Out-doorbekleidung. Eine junge Joggerin blickte gelegentlich auf einen Pulsmesser am linken Handgelenk. Offenbar bewegte sie sich im Rahmen bestimmter Messwerte, sozusagen „ge-messenen Schritts".

Den Arbeitsplatzinhabern begegnete er ein wenig später, als er die Hauptverkehrsstraße überqueren wollte, und zwar nicht an einer Ampel, die ihm zu weit weg war. Auf der Straße herrschte ein dichter Pkw-Verkehr, weil sie als Zubringer zu einer Schnellstraße diente. Allerdings galten innerstädtische 50 km/h. Dreihundert Meter unterhalb der Auffahrt war er abgestiegen und beobachtete die beiden Fahrzeugkolonnen, die relativ gemächlich in beide Richtungen flossen, am Steuer zumeist ein männliches Wesen, im Wagen keine weiteren In-sassen. Die Pkws mit dem Nummernschild seiner Stadt fuhren stadtauswärts auf die Schnellstraße, um in die beiden benach-barten Großstädte zu gelangen, und vom Zubringer kommend fuhren überwiegend Autos mit den Nummernschildern der beiden benachbarten Großstädte stadteinwärts. Dazwischen verschiedene Handwerker-Transporter unterschiedlicher Gewerke auf dem Weg zu ihren Baustellen.

Er wartete geduldig auf eine Lücke in den beiden Fahrzeugströmen, die sowohl oberhalb als auch unterhalb von Verkehrsampeln gesteuert wurden. Da die beiden Ampeln jedoch unterschiedliche Phasen schalteten, ergab sich praktisch zu keinem Zeitpunkt eine gemeinsame Lücke, durch die er die Straße hätte überqueren können. Also beschloss er, die Straße in zwei Etappen zu queren. Als sich links ein etwas größeres Loch auftat, nutzte er die Gelegenheit, ging bis zur Straßenmitte und stellte sein Fahrrad in Längsrichtung. Das Loch der Gegenfahrbahn näherte sich, er setzte über und erreichte die andere Straßenseite.

Jetzt radelte er bequem auf einem höher gelegenen Geh- und Radweg am in ein Kanalbett gezwängten Bach entlang. Vor ihm lief ein junger Mann mit einer tief über die Ohren gezogenen Pudelmütze, den er bald einholte und freundlich anklingelte. Keine Reaktion. Erneutes Klingeln, einen Dringdrington energischer. Keine Reaktion. Er vermutete, dass der junge Mann Kopfhörer trug, unter denen seine Ohren verschwunden waren. Er verzichtete auf den Überholvorgang, zumal die nächste Querstraße nicht mehr weit war. Dort werde er schon an ihm vorbeikommen. Ja, hinter der Querstraße ging es beidseitig am Bach entlang weiter. Er fuhr vorsichtig am kleinen E-Lastwagen der städtischen Wirtschaftsbetriebe vorbei. Die beiden Bediensteten waren damit beschäftigt, die Abfallkörbe entlang des Weges zu leeren, die sich neben den Parkbänken auf der linken Seite befanden.

Vor ihm bewegten sich Scharen von Schülern in Richtung der nahe gelegenen Grundschule. Na, die sind zumeist in lebhafte Gespräche über allerlei Themen vertieft und Rad fahrenden Rentnern, die sie überholen wollen, schenken sie nicht unbedingt Beachtung. So wechselte er an der nächsten Brücke auf die rechte Bachseite, die relativ frei zu sein schien, mit Ausnahme eines Hundebesitzers, der seinen Hund Gassi führte, etwas Größeres, vielleicht ein Retriever.

Wie man's macht, macht man's verkehrt, denn weiter vorn lief eine ganze Schulklasse aus der nahen Grundschule, die sich auf der rechten Seite des Baches befand. Ein kleinerer Lehrkörper vorn und ein langer Lehrkörper hinten, beide männlich, dazwischen ein bunter Tatzelwurm, dessen Beine überall zu sein schienen, mal lieber nicht in den Speichen. Also wartete er, beobachtete die nächste Brücke. Aha, die Klasse blieb auf der rechten Seite, also nahm er die Brücke und fuhr wieder auf der linken Seite weiter. Nicht sehr weit, denn schon tauchte erneut eine Schulklasse vor ihm auf. Tatzelwurm II. Nun, das Ende des Weges war nah, die nächste Querstraße mit Radweg war in Sicht. Eine junge Mutter mit Kinderwagen und einem Hund kam ihm noch entgegen. So, da war auch schon die Straße, rechts eine Bushaltestelle mit einer Schar wartender Schüler. Ach so, auf Exkursion oder unterwegs zu einer Sporthalle oder zum Schwimmbad ein paar Bushaltestellen weiter stadteinwärts.

Er selbst nahm den Radweg und erreichte wenig später die Aldi-Filiale, wo er seine Besorgungen erledigte. Im Laden herrschte wenig Betrieb. Es gab wohl gerade keine interessanten aktuellen Angebote. Ein paar ältere Frauen gingen ihrer

Lieblingsbeschäftigung nach. Dieses Shoppen haben sie drauf, das müssen die in den Genen haben. Vor allem die Grabbeltische mit allerlei gängigen Gebrauchsartikeln fanden ihre besondere Aufmerksamkeit. Eine beschäftigte sich ausgiebig mit der Kinderbekleidung. Sie hat bestimmt ein Enkelkind vor Augen. Auch die eine oder andere jüngere Frau bewegte sich zielstrebig, den Einkaufszettel und die Platzierungen der von ihnen gesuchten Produkte längst im Kopf. Möglich, dass ihre Haushaltskassen nicht gerade üppig waren.

Ein älterer Herr wandelte zögerlich zwischen den Regalen, vielleicht von Mutti zum Einkaufen geschickt, so wie er, oder alleinstehend.

Jetzt schnell die Brötchen aus dem Backautomaten. Im Innern rumpelte es und schon purzelten die knusprig-warmen Backwerke in den Ausgabeschacht. Einpacken und Richtung Kasse. Die Prepaid-Karte nicht vergessen. Zahlen Sie bar oder mit Karte? Die junge Frau an der Kasse war entspannt und gut gelaunt, hatte offenbar gut geschlafen. Deshalb antwortete er mit seinem Standardspruch im gespielt frechen Ton: „Überhaupt nicht!" Die junge Frau lachte herzlich. Offenbar kannte sie diesen Spruch nicht.

Vielleicht war ihre Freundlichkeit schlicht und einfach Teil ihrer Tätigkeit. Freundlichkeit hinterließ gewiss weniger negative Rückstände als Verärgerung. Im Laufe des Tages würden ihr garantiert noch genug garstige Kunden begegnen, die sich über etwas aufregen mussten oder etwas zu bemäkeln fanden.

Für den Rückweg wählte er eine andere Strecke; er wollte noch an einem Kiosk vorbei und die Tageszeitung kaufen. Der Händler zeigte sich erfreut, einem Kunden zu begegnen, und drängte ihm einen kleinen Schwatz auf, was er nicht unangemessen fand. Er gab einige begütigende Antworten und steuerte eine kleine Weltbetrachtung bei, von denen er für derartige Gelegenheiten immer einige mit sich führte. Grundsätzlich war es nicht verkehrt, ganz allgemein der „Politik" Vorwürfe zu machen. Politik ist wie Wetter, daran gibt es immer etwas auszusetzen. Der Kioskbesitzer freute sich, seine eigenen Ansichten als Echo zu hören, und pflichtete der Politikerschelte eifrig bei. Nichts Schlimmes, das ganz normale Gemecker.

Und schließlich wieder daheim. Kurze Begegnung mit einem Hausnachbarn, der gerade vom Morgenspaziergang mit seinen beiden Löwchen zurückkehrte. Einer trug zufrieden einen Tennisball in seinem Maul. Die üblichen Floskeln ausgetauscht. Das Fahrrad zurück in den Keller getragen und den Aufstieg in die Wohnung vollbracht, die Brötchen in den Brotkorb, die Prepaid-Karte und die Zeitung auf den Küchentisch gelegt.

„Gleich koche ich den Kaffee und decke den Frühstückstisch", rief er seiner Frau zu, die sich im Badezimmer zu schaffen machte. Sie gurgelte Zustimmung.

Im Bezirk war die bürgerliche Welt noch in Ordnung.

Die Katzengasse

Im engen Flusstal der Mosel breiten sich die Ortschaften nicht nur entlang der Ufer aus, sondern auch an den Hängen empor. Und gewöhnlich bauten die Menschen die Häuser entlang schmaler Gassen, die geradlinig die Verbindung zwischen dem Ufer mit der Hauptstraße und den Häusern weiter oberhalb herstellten. Man bevorzugte die kurzen Wege. Einige Gassen sind an manchen Stellen so steil, dass sie zur Überwindung dieser Passagen Stufen besitzen – nichts Ungewöhnliches für die Menschen, die es gewohnt waren, in ihren steilen Weinbergen zu arbeiten. Vom früheren, vielbeinigen Geschehen auf den alten Pflastersteinen ist kaum noch etwas übrig geblieben. Doch mit ein wenig Fantasie kann man sich vorstellen, dass sich einst in einer derartigen Gasse das Leben der Bewohner abspielte.

In eben eine solche Gasse war an jenem Spätsommernachmittag ein junges Paar eingebogen. Sie hatten eine Radwanderung im Moseltal hinter sich und ihre Fahrräder abgestellt. Zum Abschluss wollten sie noch die kleine Lambertus-Kapelle besuchen, die am oberen Ende der Gasse stand. Auf halbem Weg befand sich ein kurzes Steilstück, das mit Basaltstufen ausgeführt war. Den Abschluss dieser Passage bildete ein alter Brunnen, der von einem kleinen, übermauerten Bach seinen Wasserstrahl empfing. Am Brunnen teilte sich die Gasse, führte links noch ein paar Häuser weiter empor, während sie rechts zum Kirchlein geleitete.

Die Gasse war menschenleer und wirkte wie ausgestorben – was die beiden Wanderer auf die Nachmittagshitze zurückführten. Mensch und Tier hielten ihre Siesta. So genossen sie die Stille des romantischen Ortes. Der Kontrast mit dem Lärm der Großstadt, in der sie lebten, hätte größer nicht sein können. Schon näherten sie sich der Kapelle, einem einschiffigen, romanischen Bau ohne Glockentürmchen. Das Außenmauerwerk war mit einem hellen Verputz versehen, während die Laibungen der schmalen und hohen Fenster sowie des Haupt- und Nebeneingangs aus rotem Sandstein bestanden. Das spitze Dach trug eine einfache Schuppendeckung aus Schiefer.

Als sie an die einen Spalt weit geöffnete Kapellentür traten, lag auf der oberen der beiden grauen Basaltstufen vor der Türschwelle, auf der Seite der beiden schweren schmiedeeisernen Angeln eine hübsche, braun getigerte Hauskatze. Die Sonne wärmte ihr Fell und das Tier schlief, die rechte Vorderpfote unter dem Hals, die linke leicht hängend über die Kante der Stufe, ebenso die beiden Hinterläufe über den Stufenrand gestreckt.

Die beiden zögerten, weil sie das Tier nicht aufwecken und vertreiben wollten. Während sie noch unschlüssig vor der unteren Stufe innehielten, schlug die Katze ihre Augen auf. Sie hob leicht den Kopf mit einem kleinen wohligen Laut, warf den beiden einen kurzen Blick zu, legte ihren Kopf zurück auf die Pfote und schlief weiter. Sie verstanden dieses Verhalten als Aufforderung, sich nicht vom Betreten der Kapelle abhalten zu lassen. Und so bewegten sie sich vorsichtig, fast auf Zehenspitzen an der Katze vorbei, die sich nicht rührte, und drückten die schwere Tür nach innen auf.

Das Halbdunkel des Kirchenraums empfing sie. Die Augen mussten sich daran gewöhnen. Dann aber herrschte eine gedämpfte Helle und die beiden Besucher machten sich daran, den Innenraum zu betrachten. Eine schmale Bankreihe bestehend aus fünf Holzbänken, von denen jede vielleicht Platz für fünf oder sechs Besucher bot, füllte den Raum. Seitliche, schmale Durchgänge erlaubten den Zugang. Sie waren allein und musterten den Innenraum. Die Freskenreste der Wände und Deckengewölbe sowie die Bodenbeläge, von unzähligen Tritten abgenutzt, stammten aus dem Mittelalter. Die übrige Ausstattung war mehr oder weniger jüngeren Datums. Den Altarraum hatte man im Zuge der katholischen Liturgiereform zur Mitte des 20. Jahrhunderts mit einem Volksaltar versehen und neu gestaltet. Ein „ewiges Licht" entdeckten sie nicht, ebenso wenig einen Tabernakel.

Der Raum war ungemein ruhig und angenehm kühl, kein Wunder in Anbetracht des massiven Mauerwerks und der schmalen Fenster des kleinen Langschiffs und der Apsis. Die Motive der arg verfallenen Fresken waren nicht mehr erkennbar. An einer Stelle schienen Armreste mitsamt verblasstem Holzbalken vielleicht zu einer Kreuzigungsszene zu gehören. Auch einige Ornamente waren stellenweise sichtbar.

Die Verglasungen der Fenster besaßen kräftige Farbtöne, die das Sonnenlicht als bunte Tupfer im oberen Bereich der Wände erscheinen ließen. Man blickte sozusagen aus dem Halbdunkel in Bodennähe empor in den farbstark leuchtenden Raum ganz oben, der seine Lichtfülle ausgoss, wenn die Sonne die Kirche beleuchtete. War das der Himmel der mittelalterlichen Menschen? So gänzlich anders als die barocken Deckenmalereien späterer Zeit, als die Menschen damit beschäftigt waren, sich den Himmel in bunten, ihrer Welt entlehnten Szenen auszumalen und nicht nur den Himmel?

Ein kleiner Madonnenaltar rechts neben dem Altarraum ließ sie innehalten. Die junge Frau äußerte den Wunsch, eine Kerze anzuzünden. Ihr Gefährte warf eine 50-Cent-Münze in den Opferstock. Sie verharrten eine Weile vor der bemalten Holzskulptur mit dem Jesuskind auf dem linken Arm und dem faltenreichen Gewand mit dem typischen Marienblau und königlichen Gold der Gotik.

In der Apsis erhob sich der Gekreuzigte mit Dornenkrone und geneigtem Kopf, mit blutroter Seite und blutigen Händen und Füßen. Ja, den hatten sich die damaligen Menschen intensiv vorgestellt, sein übernatürliches, triumphierendes Leiden fest vor Augen.

Sie umrundeten die Bankreihe und bewegten sich zur Rückseite mit dem verschlossenen Haupteingang. Dort befanden sich der übliche Schriftenstand und ein Regal mit Gebetbüchern. Ebenfalls neben der Tür ein aus der Wand vorspringendes kleines Weihwasserbecken aus poliertem Basalt. In der Wand war ein Opferstock für die Armen eingelassen. Ich werde nicht mehr lange unter euch sein, die Armen aber habt ihr immer bei euch.

Ein letzter Blick auf diesen ehrwürdigen Raum, ein paar Schritte und schon befanden sie sich wieder an der Seitentür. Vorsichtig zogen sie die Tür zurück. Die Katze hatte sich nicht von ihrem Platz gerührt. Sie schlüpften behutsam an ihr vorbei. Das Tier hob seinen Kopf, öffnete die Augen und ihre geschlitzten Pupillen in der flussgrünen Iris verfolgten mit regloser Aufmerksamkeit ihre Bewegungen. Ein eigentümliches

Wohlwollen schien in ihrem Blick zu liegen. Der junge Mann fühlte sich angesprochen und erwiderte: „Katze, was schaust du?"

Seine Gefährtin versuchte eine Erklärung: „Sie schaut verwundert und fragt uns, warum wir hier herumlaufen."

„Sie muss ein angenehmes Daheim haben."

„Vielleicht ist es ja die Kirchenkatze."

„Oder ihre Leute wohnen in der Nähe der Kirche."

„Diese Stufe scheint ihr bevorzugter Sonnenbalkon zu sein, wenn sie ihre Siesta hält."

„Ja, eine windgeschützte Nische mit viel Sonneneinstrahlung am Nachmittag."

„Erstaunlich, dass sie nicht davongelaufen ist, als wir vor ihr aufgetaucht sind und so dicht an ihr vorbei wollten."

Die Katze hatte wieder ihre Augen geschlossen und ihren Kopf gesenkt. Sie verabschiedeten sich von ihr und entfernten sich langsam von der Kapelle, die Gasse wieder hinunter zum Ufer. Sie unterhielten sich über ihre Eindrücke, die ihnen ihr Besuch der Kapelle verschafft hatte. Durch das kleine Bauwerk hindurch hatten sie eine Vorstellung vom Sakralen des Mittelalters gewonnen, von seiner explosionsartigen Ausbreitung in der damaligen Welt der Christenheit. Kirchen, Kapellen, Klöster, Bildstöcke und Wegkreuze, Reliquien, unzählige fromme Zeichen an und in den Häusern, immer neue Brauchtümer, Gesänge, fromme und gelehrte Texte ohne Ende. Die Menschen umringten und durchtränkten sich mit den Zeichen ihrer Religion. Und groß war das Verlangen nach übernatürlichen Erscheinungen, Wundern und Geschichten der Jungfrau Maria, der Heiligen und Märtyrer. Ihr kleiner und mühevoller

Alltag wurde vom Reich Gottes überwölbt, das es zu errichten und zu befestigen galt. Man baute an einer festen Burg gegen das Böse und die Menschen hüllten sich selbst und ihre Welt in schützende fromme Zeichen und Rituale.

„Und doch sind da Figuren, die ich nie verstanden habe. Ich meine die *gargouilles* und *chimères*, monströse, unheimliche Wesen. Notre-Dame de Paris besitzt einige Exemplare, die hoch oben als Wasserspeier dienen."

„Ja, was mochte die damaligen Menschen dazu bewogen haben, ihren sakralen Raum mit solchen Gestalten zu umgeben? Offenbar besitzen sie die praktische Funktion, das Regenwasser abzuleiten. Doch zugleich wollen sie das Böse abweisen und von diesem Ort fernhalten."

„Vielleicht hielten die damaligen Christen Satan eine Art Beelzebub entgegen."

Doch diese unheimlichen Gestalten wurden eines Tages lebendig und verließen das geistige Mauerwerk gegen das Böse. Sie begaben sich unter die Menschen, bemächtigten sich bestimmter Personen. Ja, sogar die Katzen gerieten in den Sog des Hexenwahns, der gerade im Rhein-Maas-Mosel-Raum gegen Ende des 16. Jahrhunderts Verbreitung fand und bis weit in das 17. Jahrhundert hinein wütete. Welch ungeheure spirituelle Katastrophe des Christentums.

Und während sie sich unterhielten, näherten sie sich dem Brunnen, an dem sie sich ein wenig erfrischen wollten im Schatten der Pergola aus Weinlaub, die sich über das Becken breitete. Neben dem Brunnen, gegen die Stützmauer aus groben Schieferblöcken, wie man sie entlang der geneigten Weinberge findet, stand eine kleine Bank. Und auf dieser Bank lag eine Katze, fast ein Ebenbild jener Kirchenkatze, die sie vor wenigen Minuten verlassen hatten. Schön eingekugelt, der Kopf auf einer Vorderpfote ruhend und den Schwanz dicht an den Körper gelegt, sodass die Spitze unter dem Kopf lag. Sie blickten verwundert auf das Tier, schauten sich an und machten sich vorsichtig am Brunnen zu schaffen. Die Katze ließ sich nicht stören. Sie warfen ein paar verstohlene Blicke auf das Tier. Keine Regung. Offenbar wurde ihre Anwesenheit entweder gar nicht registriert oder als friedlich wahrgenommen. Sie kühlten ihre Handgelenke unter dem Strahl, füllten ihre Wasserflaschen auf und verabschiedeten sich lautlos vom schlafenden Tier.

„Heute ist wohl Katzentag. Wenn wir bis unten noch einer über den Weg laufen, gebe ich einen aus", bemerkte der junge Mann.

„Ich nehme einen Eisbecher mit Früchten unten im Ufercafé."

Seine Gefährtin musste eine Ahnung besessen haben. Vielleicht waren ihre Blicke schon auf Katzensuche wie auf einem Wimmelbild. Jedenfalls ließ eine weitere Katze nicht lange auf sich warten. Das Tier saß regungslos auf den Hinterpfoten und hatte es sich auf einer Mauerkrone bequem gemacht. Mit freundlicher Miene verfolgte die Katze die beiden von ihrem erhöhten Sitzplatz aus. Dass sie den beiden anderen ähnelte, überraschte sie schon nicht mehr.

„Okay, du hast gewonnen, der Eisbecher geht auf meine Rechnung."

„Und was machen wir jetzt mit unserer Drei-Katzen-Begegnung?"

„Setzen wir uns unten auf die Terrasse. Ein schöner Eisbecher, ein Moselblick, vielleicht fällt uns etwas ein."

Sie fanden einen Tisch auf der gut besuchten Terrasse des Eiscafés. Im Unterschied zur menschenleeren Gasse herrschte am Flussufer eine gewisse Betriebsamkeit. Eine breite Liegewiese mit sonnenbadenden Gästen, zwischen den Erwachsenen spielten Kinder. Ein kleiner Holzsteg mit Paddelbootverleih, ankommende und ablegende Boote. Auf der Bundesstraße zwischen dem Ufer und den Häusern des Dorfes, das eine oder andere Auto in langsamer Vorbeifahrt. Was halt an den Oberflächen des Geschehens passiert, wenn der Film des alltäglichen Daseins ohne zu ruckeln oder gar zu reißen friedlich läuft, in diesem Fall recht träge. Die beiden, im angenehmen Schatten unterm Sonnenschirm, betrachteten reglos und mit halb geschlossenen Augen das menschliche Geschehen.

„Diese Katzen – glaubst du an einen Zufall?", fragte die junge Frau ihren Freund.

„Unsere erstaunliche Begegnung mit den drei Katzen mag Zufall sein oder auch nicht. Egal. Für uns hat diese Szenerie die Bedeutung einer Begegnung, einer sehr schönen Begegnung."

„Die Katzen waren hübsche Tiere."

„Und uns gegenüber ganz offenbar sehr vertrauensvoll und voller Sympathie."

„Sie haben etwas in uns ‚gesehen'. Gelten Katzen nicht als Medien, wenn man sie nicht gerade vergöttert wie die alten Ägypter oder als Dämonen verteufelt wie die vom religiösen Verfolgungswahn ergriffenen Christen?"

„Tja, was mögen sie in uns ‚geschaut' haben, was wir nicht erblicken können?", fragte der junge Mann seine Gefährtin.

„Dass wir im Grunde unserer Seele keine Hexen- und Katzenmörder sind."

„Bist du dir da sicher?"

„Nach dieser Begegnung ganz sicher."

Ihre Blicke lösten sich vom Ufer der Mosel und sie schauten sich lange in die Augen. Er bemerkte mit einem Mal, dass seine Gefährtin Augen mit einer leicht ins Grüne spielenden Iris besaß. Seltsam, dachte er. Bisher sei ihm das noch nie so recht bewusst gewesen. Vielleicht spiegele sich in ihnen ja das intensive Grün des engen Moseltals, in dem so viele Nuancen zusammenflossen. Oder etwa?

„Gleich wirst du anfangen zu schnurren", bemerkte er amüsiert.

„Oder ich rolle mich auf den Rücken und du darfst mir den Bauch kraulen", entgegnete sie.

Der Wow-Effekt ist weg

„Hilfe! Wenn ich meinen nackigen Freund anschaue, ist der Wow-Effekt weg. Aber ich liebe ihn. Ich bin total verwirrt. Was soll ich tun?"

Die junge Frau hatte ihren Notruf abgesetzt, wie ein Schiff in Seenot das SOS. Offenbar war sie so verwirrt, dass sie sich in ein Forum verirrt hatte, in dem sich vorzugsweise männliche Zeitgenossen über Gesellschaft und Technik austauschten. So war es nicht verwunderlich, dass die Forengemeinde aufgeschreckt reagierte und zunächst einmal sprachlos war. Man war mittlerweile in Sachen Lust und Liebe ja einiges gewohnt. Aber dieser Fall traf auf ein völlig unvorbereitetes Publikum.

Weg, einfach weg. Da hört sich doch alles auf. Eine Zeit lang herrschte Funkstille. Offenbar sprengte das Anliegen die Vorstellungskraft der Forenschreiber. Schließlich erkundigte sich ein ITler vorsichtig: „Hast du vielleicht aus Versehen deine Datei mit dem Wow-Effekt gelöscht?"

Nun herrschte Stille auf der Gegenseite. Nach einigen Minuten erschien die Reaktion: „Was? Ich bin doch kein Computer."

Ein Mitglied des Forums versuchte, das Missverständnis aus dem Weg zu räumen: „Sie versteht dich nicht." Und erklärend in die Richtung der jungen Frau: „Das ist die Ausdrucksweise der IT-Leute. Er meint deinen Kopf."

Gleichzeitig trafen weitere Reaktionen aus dem Lager der Computerfreaks ein. Die Problembewältigung war angelaufen. Schlag auf Schlag wurden mehr oder weniger fachlich versierte Lösungsvorschläge angeboten.

„Wenn's denn eine einfache Bilddatei ist. Und wenn die Wow-App hinüber ist?"

„Warum nicht gar eine beschädigte Programmbibliothek des Betriebssystems? Bestimmt Windows. Am besten die Dame komplett neu installieren. Alles andere ist doch nur Gefrickel. Neuinstallation und die läuft wieder wie geschmiert. Und gleich die letzten Sicherheits-Updates aufspielen. Oder besser noch auf Linux umsteigen, da sind ihre Gefühlsdateien auf der sicheren Seite. Da läuft sie stabil, die Dame, und ist obendrein gegen Virenbefall gefeit."

„Ja, aber dann sind die Daten von ihrem Lover endgültig im Orkus."

„Wenn sie ein Backup erstellt hat, kann sie die wieder aufspielen."

„Und wenn nicht?"

„Kriegt sie einen Katalog mit ähnlichen Lovern und kann sich einen aussuchen, der garantiert ihren aktuellen Lover ersetzt. Vielleicht so elegant, dass sie es gar nicht merkt. Aufspielen und fertig. Nackig und knackig wie gehabt."

Im Clan der Computerfreaks hatte sich die Meinung durchgesetzt, dass der Fall der jungen Frau zwar ärgerlich, aber keinesfalls hoffnungslos sei. Der verschwundene Wow-Effekt wurde als Wow-Defekt identifiziert. Mit geeigneten Maßnahmen ließe sich das Mädchen wieder flott machen. Problem grundsätzlich gelöst.

Derweil versuchte das verzweifelte Mädchen, sich Gehör zu verschaffen: „Ja, aber ....! Was ist denn mit meinen Gefühlen?"

Gefühle? Die IT-Leute verstanden nicht, woher die Frage der Gefühle noch kommen sollte. Wenn erst der Defekt beseitigt sei, werden die Gefühle ja wohl automatisch wieder fließen. Bei einem verstopften Wasserrohr sei es doch nicht anders. Rohrfrei für den ungestörten Fluss der Gefühle.

Jetzt aber kam es zu aufgebrachten Wortmeldungen der Lebensberater, gepaart mit herber Kritik an die Adresse der Digital-Fraktion: „Wollt ihr das arme Mädchen vollends verwirren? Ihr menschgewordenen Festplatten habt doch nicht mehr alle Platten, Pardon, Latten am Zaun. Ihr habt von Frauen so viel Ahnung wie die Kuh vom Sonntag. Das Mädel steckt bis zum Hals in einer schweren Gefühlskrise, die sich möglicherweise zu einer umfassenden Sinnkrise, oder schlimmer noch, Identitätskrise auswachsen kann."

„Jawohl!", sekundierte sogleich der Chor der Frauenversteher: „Krise ist das richtige Stichwort, um die Problematik in den rechten Griff zu bekommen." Und eifrig wurden einfühlsame Vorgehensweisen angeboten.

Defekt, Betriebsstörung, Datencrash, murrte es aus der IT-Ecke zurück. Aber bitte schön, wenn die Dame lieber eine wolkige Krise möchte und keinen handfesten Defekt. Einer murmelte noch etwas vom unverbesserlichen Hang nach Melodramatik.

Jemand versuchte, die digitale Problembeschreibung wieder voranzubringen, und brachte die neuronale Ebene ins Spiel. Digitale und neuronale Betrachtungen lägen doch gar nicht weit auseinander. Freilich schwimme das Bewusstsein größtenteils in einem Ozean von Analogien, aber zugleich würden doch neuronale Prozesse laufen, die wiederum nicht analog strukturiert seien, sondern in gewisser Weise eher „digital". Ohne Zweifel bestehe eine ununterbrochene Wechselbeziehung zwischen diesen beiden Ebenen. Und neuronale Prozesse würden entweder durch direkte Eingriffnahme beeinflusst oder über die Rückkoppelung mit der analogen Bewusstseinsebene, die ihrerseits aktivierend wirken könne. Das sei doch der allgemeine Bezugsrahmen des Problems.

„Was soll das?", erschien die aufgebrachte Textzeile des vom fehlenden Wow-Effekt geplagten Mädchens.

„Seht ihr", textete jemand. „Jetzt habt ihr sie mit eurem neuronal-digitalen Kauderwelsch vergrault. Kann man das mal für einen Laien verständlicher ausdrücken?"

„Ein neuronaler Prozess ist außer Kontrolle geraten und hat zur plötzlichen Unterbrechung oder gar dauerhaften Blockade des gewohnten Bilder- und Gefühlsstroms im Bewusstsein des Mädels geführt. Eine Art empathischer Schlaganfall."

Ein ITler, der sich gerade erfolgreich in den siebten Level eines Videospiels vorgekämpft hatte, kommentierte beifällig: „Klar, der Mensch ist der perfekte Rechner, vollbiologisch transistorisiert, ein Ozean von Schaltkreisen. Nur bei den analogen Bildern kann man halt nichts machen. Der Wow-Effekt weg, das ist ein Wow-Defekt, ähnlich wie der Bluescreen bei Windows. Und Windows ist Mist, das weiß doch jedes Kind." Der Mann konnte sich den Seitenhieb auf Windows nicht verkneifen, zu oft hatte er sich beruflich mit diesem Betriebssystem herumgeärgert.

„Unser Reden, die Dame hat einen Defekt. Möchte fast wetten, dass sie sich einen Virus eingefangen hat."

Hm, die ITler mögen zwar echte Fachidioten sein und überall Defekte, beschädigte Laufzeitbibliotheken, falsche Treiber, Hackerangriffe usw. wittern, aber Volltrottel sind sie nicht.

„Hat jemand eine Virus-Idee? Könnte das Mädel von einem Virus befallen sein, der in ihre neuronale Schicht vorgedrungen ist und dort zu einer unheilvollen Abschaltung geführt hat, sodass sich die Holde jetzt wundert, dass ihr Wow-Effekt futsch ist?"

„Ja, klar, eine Malware hat sich in ihr Gefühlssystem eingeschlichen und den Wow-Bilderstrom beschädigt. Aber das kann schwer werden, die aufzuspüren und unschädlich zu machen."

„Verstehst du, was wir meinen?", erkundigte sich ein ITler bei der Hilfe suchenden Dame. Keine Antwort.

„Jetzt habt ihr sie endgültig vertrieben", bemängelte ein Krisenvertreter.

„Egal. Die Malware hat die Wow-Bilddateien beschädigt und jetzt hat es ihren Lover erwischt. Es lag doch nicht an ihm, jedenfalls nicht an seiner Gestalt. Der hatte sich nicht über Nacht oder wie von Zauberhand in einen hässlichen Frosch verwandelt. Der war friedlich und nichts ahnend nackig durch die Wohnung marschiert, um sich im Kühlschrank eine Cola zu holen, und plötzlich wirft die beschädigte Wow-Datei verunstaltete Bilder auf den Schirm in ihrem Kopf. Die Augen haben doch keine Chance mehr. Am Body von dem Typen hat es nicht gelegen. Den können wir als Fehlerursache ausschließen.

„Beim Fernseher hat früher mal ein kräftiger Schlag aufs Gehäuse geholfen. Tritt vors Chassis, vielleicht berappeln sich ja wieder ihre Neuronen …"

„Ich bin der Doktor Eisenbart, kurier ‚die Leut' nach meiner Art", persiflierte jemand den rustikalen Therapievorschlag.

„Auf die Couch mit ihr, sie soll sich schon mal nackig machen. Ich komme gleich", ließ sich ein Pseudo-Doktor-Freud und Erotomane vernehmen. Allgemeine Heiterkeit. Jetzt gab es kein Halten mehr. Unzählige Hausmittelchen und Kunstgriffe der sexuellen und erotischen Wiederbelebung und Stimulierung wurden vorgetragen. Ein breiter Aufbruch in Richtung „bei uns werden Sie geholfen". Männer halt, Missdeuter oder Ignoranten der weiblichen Seele und Grobmotoriker des weiblichen Körpers. Die eingeschränkteren Menschen im Vergleich zu den besseren Menschen. Aber den guten Willen und die guten Absichten konnte man ihnen nicht absprechen. Ihr Interesse an erotisch und sexuell gut funktionierenden Frauen war ungebrochen.

„Halt, halt, halt. Euer Glaube an euren Zauberstab in Ehren, er sei euch unbenommen. Aber mit purer erotischer Magie oder Rustikal-Erotik geht es nicht. Wow-Bilderstrom und Liebesgefühle laufen nicht synchron. Was sie aber tun sollten."

Ja, in der Tat. Ein Gefühlsspaltpilz hatte die Dame befallen. Man sollte ihre Begrifflichkeiten genauer unter die Lupe nehmen. Vielleicht finde sich in ihren Worten ein Einstieg in ihren eigenartigen Blackout.

„Man könnte sie noch einmal befragen", regte jemand vorsichtig an und erntete Missbilligung aus dem IT-Lager.

„Woher soll sie wissen, was ihr Wow-Defekt zu bedeuten hat? Sie weiß nicht einmal, was eine DLL-Datei ist. Und außerdem hat sie sich davongemacht."

„Wegen euer sturen Haltung", tadelte ein Vertreter der Sinnkrisen-Fraktion.

„Ich hab' eine Idee", machte jemand die Diskussion wieder flott.

„Sprich."

„Könnte es sein, dass der Frau ein Bilder-Overkill zugestoßen ist?"

„Wie meinen?"

„Ja, ich bin über diesen Begriff ,Wow-Effekt' gestolpert, den sie benutzt. Der stammt doch aus der Werbesprache. Man bombardiert die Kundschaft mit Effekten, die Glücksgefühle auslösen sollen."

„Äh, du meinst, das Mädel ist abgefüllt mit Wow?"

„Ja, und dann bekam sie einen ana …, anal …, anadings, äh, eine Art anaprophylaktischen Schock."

„Du meinst wohl anaphylaktischen Schock, vulgo allergischen Schock?"

„Jo, genau."

„Möchte ein Medizinmann etwas dazu sagen?"

„Nö, Ferndiagnosen stellen wir grundsätzlich nicht."

Jemand verlor die Geduld und packte den moralischen Hammer aus. „Soll ich euch mal meine Meinung sagen?"

„Bitte, bitte, jede Meinung ein Treffer, drei Meinungen eine Meinung gratis."

Und sogleich ließ er es krachen: „Also, meiner Meinung nach macht sich die Dame da nur wichtig. Der fehlt nix, jedenfalls nichts, um sich hinter den Zug zu werfen. Die ist nur eine von den unzähligen verwöhnten Gören, die unsere Konsumgesellschaft herangezüchtet hat."

Allgemeine Entrüstung. Oho, jetzt komme der moralische Zeigefinger. Er sei schon ganz geschwollen.

„Mir doch egal", kam es unwirsch zurück. „Von mir aus entsteht eine neue Moral als Reaktion auf geistigen Sondermüll. Und diese Frau erzählt Müll, den niemand braucht. Punkt."

„Boah, das ist aber starker Tobak. Sollte man der Dame nicht besser ihren ‚Wow-Effekt' lassen, selbst wenn er ihr ab und an einen bösen Streich spielt?"

„Ja klar, besser Mädels mit eingebautem Wow-Effekt, die auch mal einen Wow-Defekt produzieren, als taube Nüsse, aus denen kein erotischer Funke zu schlagen ist! Freilich gibt es Risiken und Nebenwirkungen, auch solche Aussetzer wie den beschriebenen. Mit denen muss man halt leben. Die gilt es, umsichtig zu managen."

„Ja, aber wenn sie uns mit ihrem Wow tyrannisieren. Wenn meine Olle shoppen geht, kann ich sie fast nicht mehr im Zaum halten. Die kriegt lüsterne Augen, tänzelt förmlich und wiehert ‚wow' in einer Tour."

„Schaff dir einen Dackel an, der sagt ‚wau'."

„Sehr witzig. Und so ein Wow-Opfer wie dieser Typ da? Der ist doch der Gelackmeierte. Bei der Alten reißt der Wow-Film und er ist plötzlich der hässliche Frosch. Denn die angebliche Liebe der Dame, das ist doch wohl als Trostpflaster zu verstehen."

Ein erfahrener Forenschreiber nutzte die Gelegenheit, um eigene aus leidvollem Erleben gewonnene Einsichten zu äußern: „Ja, nu, im Absservieren waren die Mädels schon immer gewieft. Einerseits möchten sie jegliche Eskalation vermeiden, haben keine Lust auf randalierende Typen. Andererseits ist es nun mal ein Einbruch im Gefühlsleben, den man nicht einfach ignorieren kann. Sie merken schon den Unterschied zwischen Lieben und Nicht-mehr-Lieben. Obwohl die Sache vielleicht nicht unbedingt so Knall auf Fall daherkommt, wie diese Dame es vorgibt. Aber das ist Sache des Managements einer sentimentalen Havarie in diesem Ausmaß. Bei mir hat sich meine Ex damals elegant vom Acker gemacht. Habe es erst gar nicht bemerkt."

„Weil du zu blöde warst und ständig vor dem Computer gehockt hast?"

„Oder sie zu geschickt. Ich weiß es nicht."

„Was soll uns das jetzt sagen? Das hieße doch, dass die Wow-Frauen sich durchgesetzt haben. Oje, in welchen neuen Herrschaftsverhältnissen leben wir", jammerte ein anderer.

„Tja, es sieht ganz danach aus, dass wir sie an der Backe haben."

„Komme mir vor wie eine Puppe aus dem Kaufhaus."

„Na, na, wer wird denn gleich deprimiert sein? Okay, das Wow-Gefühl scheint derzeit in reichlich zweifelhaften Bahnen zu verlaufen. Liegt vielleicht schon am Wort, das seine medialen Ursprünge nicht leugnen kann. Es stammt aus der Welt künstlich erzeugter Events. Und wenn die Liebe sich einmischt, da wird der eine für den anderen zum Event des Lebens".

„Aber wer sagt denn, dass Frauen den besseren Umgang mit Gefühlen pflegen?"

„Glaube ich auch nicht", meinte ein kritischer Geist. „Sie unterhalten sich halt häufiger über Gefühle, drehen das Thema tausendmal durch die Mühle und zum Schluss kommt so eine Redensart wie der Wow-Effekt dabei heraus. An dem spinnen sie herum und gehen **damit hausieren. Im Grunde machen sie sich und anderen etwas vor.**"

„Und raus bis du", persiflierte jemand in Anspielung auf einen Kinderreim. „Ja, schön zurechtlegen, bis es passt. Nun ist ihr Oller raus und sie ist fein raus."

„Immerhin behauptet sie, dass sie ihn liebt."

„Lange wird diese Liebe nicht mehr halten", meinte ein Pessimist. „Ohne Wow-Effekt wird sie sich nicht mehr mit ihrem Typen beschäftigen."

„Halten wir fest, der Begriff stammt aus der Werbesprache", meinte ein Programmierer, der in einer Medienagentur arbeitete. „Die Kollegen in der Marketing-Abteilung tüfteln doch ständig an Wow-Effekten. Und ich setze den Quark dann um. Werde dafür anständig bezahlt, was soll's."

„Ja, aber etwas ist doch nicht mit ihr in Ordnung. Wie sollen wir ihren Defekt denn nennen?"

„Und wenn es gar kein Defekt ist?", ließ sich der Videospieler vernehmen.

„Sondern?"

„Vielleicht das Ende ihres Levels? Ich meine, so eine Beziehung ist wie ein Level. Und mit ihrem Level ist sie durch. Was sie mit in den nächsten Level nimmt, ist die Liebe, jedenfalls das, was sie dafür hält."

„Oh! Ein Videospiel. Genial. Sie kommt damit zurecht. Es funktioniert. Gut für sie, aber vielleicht nicht so gut für ihr Opfer."

„Wer sagt denn, dass es Opfer gibt? Vielleicht machen ja alle mit?"

„Das ist eine gute Frage. Ich glaube, nicht wenige machen mit. Und wer brav mitmacht und nichts kapiert, der stellt sich keine Fragen und macht immer wieder mit, von Level zu Level."

„Junge, Junge, man schämt sich ja fast, gewisse männliche und weibliche Zeitgenossen in solchen Kategorien zu denken. Ist das ein kindischer Supermarkt der Gefühle."

„Tja, ich fürchte, auf diesem Niveau funktionieren nicht wenige Gefühle. Gefühle ernähren sich von Events. Man konsumiert sie, um Gefühle zu haben."

„Die Frau da ist voll in ihrem Level? Ja, lass uns mal versuchen, dieses Bild weiterzuspinnen. Man sollte sie spielen lassen?"

„Ja, bis sie mit ihrem Level fertig ist. Offenbar steht sie ja kurz vor dem Level-Ende. Und neue Mitspieler findet sie doch genug."

„Hm, so also, meinst du, dreht sich die Gefühlsmühle solcher Zeitgenossinnen?"

„Und Zeitgenossen! Die ganze Konsumgesellschaft hat Interesse an dieser Wow-Effekt-Mentalität. Dieses Wow-Mädchen ist die perfekte Konsumentin, die von den Marktkräften und ihren Gesetzen hervorgebracht und modelliert wurde."

„Wer ‚wow!' sagt, sagt ‚will ich!' und meint ‚kauf' ich!'"

„Ja, verblüffend. Man muss doch denken, dass nicht wenige davon so durchdrungen und beeinflusst sind, dass sie sich bis in ihre intimsten Regungen hinein konsumieren."

„Ja klar. Vor allem die Sexualität wird enorm in diese Richtung bearbeitet. Denn mit ihr hängt das ganz Glücksdenken zusammen. Und wenn der Konsum das Glücksdenken massiv beeinflusst oder gar steuert, das ist doch optimal."

„Mithilfe von Konsumgegenständen Empfindungen verstärken und den Partner in einen konsumierbaren Traum-Menschen verwandeln? Zum Fressen gern, nur etwas anders?"

„Grundsätzlich möchte ich sagen: Ja, und zwar mit käuflich erwerbbaren Gegenständen und Dienstleistungen – möglichst ausschließlich. Das volle Monopol. Die Menschen werden dazu animiert, durch das Konsumieren Glücksgefühle zu generieren. Wie im Bruegel-Bild vom Schlaraffenland. Da futtert sich jeder Neuankömmling durch einen Wall aus Brei und kullert sanft ins ewige Völlegefühl. Bei uns aber gilt der Beischlaf als Krönung der Konsumgesellschaft. Die Losung heißt: über den Konsum zum Orgasmus.“

„Und was könnte man dem Wow-Mädchen sagen, das jetzt ihren Lover nicht mehr auf die Gefühlskette bekommt und sich einbildet, sie würde ihn aber doch noch (ein bisschen) lieben?“

„Vielleicht: Sei nicht traurig. Du hast deinen aktuellen Level abgegrast. Sein Ende ist nahe. Lass nachwachsen und freue dich auf den nächsten Level. Der ist wieder voll mit neuen Wow-Effekten – verlangt möglicherweise etwas mehr Köpfchen. Sozusagen Wow für Fortgeschrittene. So, jetzt muss ich aber im letzten Level die Prinzessin befreien.“

„Ach?“

„Ja klar. Von ihrem Wow-Gefängnis.“

„Oh! So eine Spiele-App gibt es schon?“

„Äh, eigentlich nicht. Aber ich stelle mir vor, dass es sie gibt. Vielleicht entsteht mal eine Nachfrage und der gütige Markt schiebt ein spannendes Spiel ins Regal.“

Auf der Strecke geblieben

Zu Tode erschrocken machte er einen jähen Satz zur Seite und landete unsanft im dornigen Brombeergestrüpp neben dem Gleis. Ein riesiges Ungetüm hatte sich im Intervall eines Funkens aufgebaut und mit seiner Masse drohend sein Blickfeld gefüllt. Reglos und mit erstarrtem Blick sah er einen schwarzen Zug vorübergleiten, wie er ihn noch nie gesehen hatte. Oder war es ein Tunnel, den er selbst rasend schnell durchfuhr?

Jetzt bemerkte er, wie sein Herz dröhnend bis zum Hals klopfte. Sein Atem ging schwer. Langsam kehrte sein klares Bewusstsein zurück, gewann die Oberhand, machte ihn wieder handlungsfähig. Er blickte den Schienenstrang nach links und nach rechts entlang. Kein Zug weit und breit. Eine Sinnestäuschung, eine Art Halluzination. Ihm fiel ein, dass er gar keine Geräusche gehört hatte. Nur eine unbestimmte, riesige Masse. Er hätte schwören können, dass sie sich außerhalb von ihm befand. Aber war dieses Gebilde überhaupt ein Zug oder hatte er die Erscheinung bloß für einen Zug gehalten, weil er doch im Gleisbett unterwegs war, wie unzählige Male zuvor in seiner Tätigkeit als Streckenwärter.

Er schüttelte den Kopf, als wollte er die unheimliche Wahrnehmung aus seinem Bewusstsein schütteln. Die Verletzungen seines Körpers meldeten sich und zogen seine Aufmerksamkeit auf sich. Er hatte sich bei seinem Paniksprung in die Dornenranken Striemen und Kratzer an Kopf, Hals und Händen zugezogen. Einige hatten die Haut aufgeritzt, sodass sie blutete. Mühsam richtete er sich auf, entfernte vorsichtig die Dornen, die sich an seiner Kleidung und am Rucksack verhakt hatten, und gelangte auf den schmalen Trampelpfad neben dem Schotterdamm des Gleisbettes. Mit Papiertaschentüchern, von denen er immer einige Päckchen bei sich trug, ebenso wie ein Bündel Klopapier (für unterwegs), betupfte er die Kratzwunden. Nachdem er seine Kleidung hergerichtet hatte und alles wieder an seinem Platz war, schaute er auf seine Uhr, die keinen Schaden genommen hatte. Seit seinem letzten Blick auf ihr Zifferblatt waren keine zehn Minuten vergangen. In etwa sieben Minuten musste der Personenzug aus Gerhofen vorbeikommen. Den wollte er an Ort und Stelle abwarten. Er zündete sich eine Zigarette an, genoss den ersten Zug und stellte fest, dass er sich weitgehend beruhigt hatte. Freilich war diese unheimliche Szene nicht aus dem Bewusstsein verschwunden, aber sie war nicht mehr gegenwärtig, sondern es hatte sich der Abstand der Erinnerung aufgebaut. Sie war da gewesen und jetzt war sie nicht mehr da, sondern abgelegt, stillgelegt.

In der Ferne tauchte ein schwarzer Punkt auf, der langsam größer wurde und die Gestalt einer Dampflokomotive annahm, Baureihe 23 mit Schlepptender, dachte er mechanisch. In der Tat vernahm er schon den kurzen Pfeifton, der Lokführer hatte ihn gesehen. Er hob kurz die Hand zum Gruß. Die zischende Lokomotive fuhr in mäßigem Tempo an ihm vorbei, zog fünf spärlich besetzte grüne Personenwagen und einen gedeckten Güterwagen am Zugende.

Als die Schlusslichter in einer sanften Linkskurve verschwunden waren, kletterte er die Schotterbettung empor und nahm seine Arbeit wieder auf, ging langsam auf Schotter und Holzschwellen voran und nahm sorgfältig Gleise, Schwellen und Gleisbefestigungen in Augenschein. Ganz hatte er sich noch nicht vom Schock erholt, der in ihm nachzuschwingen schien. Er bemerkte, dass seine Hände leicht zitterten, als er sich erneut eine Zigarette ansteckte. Er war erschrocken, wie es ihm nie im Leben passiert war. Was immer diesen Schrecken ausgelöst haben mochte, vielleicht war er gedankenversunken gewesen, ohne es zu bemerken. Eine besondere Verkettung eines Sinneseindrucks und seiner Verarbeitung hatte ihn aufgeschreckt – vielleicht war der äußere Auslöser vollkommen belanglos, ein Insekt vielleicht. Oder war es sein Herz? Er fuhr mit seiner rechten Hand unter Jacke und Hemd und legte sie über sein Herz. Kaum wahrnehmbar bewegte es sich tief im Innern der Brust. Es war alles ruhig. Trotzdem waren dieses Schreckensbildnis und seine panische Fluchtbewegung real. Und etwas wie das Wort „weg" hatte ihn ausgefüllt oder hatte etwas Unsagbares sich in diesem Wort zum Bersten ausgedehnt?

Wie so oft in seinem Leben ging er auch jetzt ungewöhnlichen Gefühlsregungen aus dem Weg, indem er sie bagatellisierte. Und wenn er die Beschäftigung mit ihnen nicht vermeiden konnte, so beeilte er sich, sie möglichst schnell zu beseitigen. Große Ängste oder der Anblick von Gewaltsamkeiten erschienen ihm wie unliebsame Betriebsstörungen in den Abläufen des Lebens. Und er erinnerte sich an die Kriegszeiten, die er nur in der Ferne des Hinterlandes erlebt hatte – von direkter Feindeinwirkung blieben seine Gegend und seine Strecken verschont. Den einen oder anderen Militärtransportzug hatte er in Erinnerung: ein langer Strom vierachsiger Flachwagen beladen mit Panzern oder Geschützen, oder auch fast fensterlose Lazarettzüge. Er selbst blieb vor einer Einberufung und dem Soldatenleben verschont, weil er aufgrund eines Herzfehlers untauglich geschrieben worden war. Dennoch blieben damals genug Bilder der Zerstörung übrig, die ihn bedrückten. Und mit einem tiefen Seufzer der Erleichterung hatte er das Kriegsende, die Rückkehr des Friedens und den Wiederaufbau einer Ordnung quittiert.

Unter der Aufsicht der Siegermächte begannen die alten Reichsbahnbehörden sich neu zu organisieren und vier Jahre nach Kriegsende entstand die neue Bundesbahn. Er selbst wurde ins Beamtenverhältnis übernommen. Und so wanderte er wieder tagein, tagaus die Schienenstränge entlang, die kein Ende nehmen wollten. Er warf prüfende Blicke auf unzählige Schraubbefestigungen und zog die eine oder andere lockere Schraube wieder an, prüfte die Seilzüge von Weichen, Signalen und Bahnschranken – erfüllte alle Obliegenheiten seines Berufs mit der gebührenden Sorgfalt, gestützt auf viele Jahre Erfahrung, zu jeder Jahres-, Tages- und Nachtzeit, bei jedem Wetter.

Er kannte die Züge, denen er ausweichen musste, Personen- und Güterzüge, die immer schön auf den Gleisen rollten und nie entgleisten. Nicht ein einziger Waggon war jemals auf seinen Strecken entgleist. Selten klebten die Reste eines Rehs am Bug einer Lokomotive, die vorbeizog. Und einmal kam er hinzu, als ein Personenzug außerplanmäßig von einem Selbstmörder gestoppt worden war. Sanitäter hatten die Überreste des Körpers schon geborgen und die Polizei schloss gerade ihre Unfallaufnahme ab. In der Zeitung war nachzulesen, dass es sich um einen schwer depressiven Mann gehandelt hatte, der in einem benachbarten Ort wohnhaft war. Aber diese Vorfälle waren gewissermaßen in das Schienenfeld hineingetragen worden, von außen, ganz und gar nicht fahrplanmäßig.

In Erinnerung geblieben war ihm auch der Fall eines am Bahnübergang auf dem Gleis stehen gebliebenen Anhängers, hochbeladen mit Zuckerrüben. Der Bauer war in höchster Not vom Traktor gesprungen, aber dem Lokführer gelang noch eine Notbremsung mit Stillstand vor dem Hindernis. Was für eine Erleichterung, der arme Bauer erging sich in Dankesbezeugungen und hätte am liebsten den Lokführer umarmt. Ja, er wollte noch auf die Schnelle, man habe doch so viel Arbeit und nie Zeit, und dabei habe er vor lauter Aufregung den Gang nicht mehr reinbekommen, den Motor obendrein abgewürgt, und dann kam auch schon der Zug. Mein Gott, nichts wie runter vom Traktor. Und die schöne Ladung mit den Zuckerrüben, das war seine größte Sorge.

***

Ein Leben im Bann des Schienenfeldes, dieser unerbittlichen Linien mit ihrer kalten Geometrie aus Metall. Er hatte ihre ungeheure abstrakte Macht in sich eindringen lassen und sie hatte von ihm Besitz genommen. Wie unterwürfig er doch gelebt hatte, keine Auflehnung, vielleicht mal ein wütender Hammerschlag, wenn eine rostige Befestigungsschraube Widerstand leistete. Und selbst diese Geste war nicht Ausdruck einer Revolte, sondern eher ein Vorwurf: Diese Schraube hätte nicht verrostet sein dürfen. Das Schienensystem sollte keine Schwächen besitzen, sondern perfekt sein. Denn nur die intakte Vorstellung eines perfekten Systems, das ihn umhüllte, bildete das notwendige Gegenbild seiner Unterwerfung. Deshalb durfte es keinen Platz für Zweifel geben. Ja, er selbst tat alles, um der Perfektion ihre Tadellosigkeit hinterherzutragen. Denn das Leben im Lichte und Schutz der Perfektion war die Gegengabe seiner Systemgläubigkeit. Sein Leben – eine kompakte und recht fluide Masse kleinteiliger Handlungen und banaler Äußerungen. Er war immer darauf bedacht, seine Existenz möglichst reibungslos über die Bühne zu bringen, glatt wie ein Schienenstrang. Alle hatte er vorbeifahren sehen, vor dem Krieg, während des Krieges und in den Jahren danach. Die Siegreichen und die Geschlagenen, die Lebenden und die Toten. Und er war überzeugt, dass die Schienen stärker sein würden als alle Ereignisse, so gewaltig und zerstörerisch sie auch sein mochten. Die Schienen hatten alles fest im Griff, vor allem aber seinen Horizont. Immer wurde sein Dasein in die Geraden und Radien, in die Weichen und Abzweige gezwängt. Es hangelte sich von Schwelle zu Schwelle, von Befestigung zu Befestigung, von Schraube zu Schraube immer weiter, millionenfach. Unsichtbar lauerte der Prellbock, das Ende der Schienenwelt.

Das neue Zeitalter würde seine Tätigkeit automatisieren und digitalisieren. Sein Beruf würde wegrationalisiert. Sensoren, Ultraschallprüfvorrichtungen und Kameras würden seine Arbeit vor Ort tun. Die Kontrolle würde vermutlich umfassender sein als alle seine Routinen und Erfahrungen. All das würde er gar nicht mehr erleben. Es hätte ihn auch nicht beunruhigt, denn für ihn gab es keinen Zweifel, dass der Strang bleiben und alle überleben würde, oder als eigene Wiedergeburt zurückkehren würde, egal in welcher Form. Und er würde unentwegt unzählige Menschen strangulieren – so wie er ihn zur Strecke gebracht hatte.

Zwischen den Schienen und Schwellen und am Bahndamm entlang vegetierte sein bisschen Leben, ein armseliges Biotop wuchernder Banalität. Offenbar eine verdorrte Graswurzelexistenz, die er mit unzähligen Zeitgenossen teilte. Von Leidensgenossen konnte nicht die Rede sein, denn niemand kam aus der Haut seiner kargen Normalität raus und empfand Schmerzen – und wenn, dann suchte man Vergessen im Trinken oder man rastete aus, brüllte, tobte. Manche vergriffen sich an ihrer Frau oder ihren Kindern oder sie prügelten sich. Doch am Ende prallten sie kraftlos von der Gummiwand ihrer Existenz zurück und versanken wieder in der Monotonie. Niemand dachte sich etwas dabei. Das Gewesene versank im Vergessen; behalten wurden ein paar konventionelle Ereignisse.

Doch – es hatte einige „Höhepunkte" in seinem Leben gegeben – nicht nur im Bett. Die Übernahme ins Beamtenverhältnis – man stelle sich vor: unkündbar, ausgesorgt bis ans Ende der Tage; Vater Staat kümmerte sich um alles, ließ seine ergebenen Diener nicht verkommen, wusste, was er an ihnen hatte. Das hatte ihm auch sein damaliger Vorgesetzter – ein strammer Parteigenosse und Karrierist des neuen Regimes – sehr eindringlich vor Augen geführt und damit die Forderung nach absoluter Pflichterfüllung verbunden. Vom Dienst an der Heimatfront war die Rede. Dann natürlich die Heirat, ein gemeinsamer Herzenswunsch ging in Erfüllung, ein Hausstand in einer geräumigen Wohnung, sogar mit einem Gemüsegärtchen und ein paar Blumenbeeten, die seine Frau liebevoll pflegte. Zwei tüchtige Söhne, die dabei waren, ihre berufliche

Karriere voranzutreiben. Lebten mittlerweile in großen Städten. Sie schauten zu den üblichen Anlässen wie Geburtstage oder Weihnachten vorbei.

Das Leben rollte ab, tagein, tagaus, sehr fahrplanmäßig. Krieg überstanden und weiter gemacht – im Schienenfeld ging alles seinen gewohnten Gang, man sah halt keine Militärzüge mehr, nur noch Personen- und Güterzüge, ganz zivil ging es zu, wie es sich für Friedenszeiten wohl gehörte. Man sollte meinen, dass ein dicker Wall der Routinen und Entspanntheit ihn vor seinem arbeitenden Innern schützte – wenn denn in seinem Innern noch etwas arbeitete.

***

Seit seiner Panikattacke hatte sich allerdings etwas in seinem Bewusstsein geändert. Der Gleichmut, der sein ständiger Lebensbegleiter zu sein schien, hatte ernsthaft gelitten. Er hatte übrigens mit niemandem über den Vorfall gesprochen, auch nicht mit seiner Frau. Ihren Fragen damals hatte er ausweichende Antworten gegeben, eine Unachtsamkeit vorgegeben. Die Sache war ihm unangenehm und er hatte das Gefühl, auch gar nicht die richtigen Worte finden zu können – nicht einmal sich selbst gegenüber.

Aber seit jenem Vorfall hatte sich eine gewisse Unruhe in ihm festgesetzt und in ihm stieg sachte die Ahnung empor, dass es vielleicht knapp werden könnte mit seinem Lebensgefühl. Sein Alltag verlor die gewohnte Bindefähigkeit, er schien wie ein alter Spiegel zu erblinden, reflektierte und unterstützte seine gewohnten Lebensgefühle nicht mehr, murmelte vor sich hin, ohne etwas zu kommunizieren.

Die Aufmerksamkeit, die er seinem täglichen Leben widmete, ließ deutlich nach. Gleichgültigkeit, ja Abneigung, gewannen die Überhand. Seine Frau hatte es am Ende aufgegeben, ihm ständig seine mangelnde Aufmerksamkeit, seine scheinbare Vergesslichkeit und seine unterlassenen Handlungen hinterherzutragen. Sein einstiges, gleichmütiges Dasein wich einem gleichgültigen Dasein. Vielleicht war der Gleichmut, der ihn durch seine Tage getragen hatte, eine gut maskierte Gleichgültigkeit gewesen.

Er bekam seine Gemütszustände einfach nicht mehr in den Griff. Die alten Gleichgewichte hatten sich aufgelöst, ihre Trümmer ließen sich nicht beiseite räumen und wurden zur Last. Er schleppte sich über seine Schienen. Und während er sich zuvor noch beseelt fühlte vom Anblick und der Vorstellung all dieser schönen geordneten Schienenstränge, die er zu betreuen hatte, so rührten sie ihn nicht mehr, ließen ihn kalt wie die eigene Kälte, die sie abstrahlten. Der Zauber, der ihn ein ganzes Leben lang aufrecht gehalten hatte, war gebrochen und vor seinen Augen breitete sich ein eisernes Gerippe aus. Mit sich leerenden Augen schaute er über sein persönliches Leben, dessen innerer Zusammenhalt unaufhaltsam dahinschwand.

Seine Frau, seine Familie – wer waren überhaupt diese Menschen? Sie waren da und doch so ungreifbar wie Schemen. Sein Blick fiel auf seinen Schatten, den die Sonne in seinem Rücken auf diesem Streckenabschnitt zu dieser frühen Stunde vor sich hertrieb und zwischen den Holzschwellen seltsam zerknickte. Mit welchen Augen hatte er sie gesehen, dass sie ihm jetzt vorkamen wie Schatten?

Wo waren seine Gedanken damals, als er ihr seine Liebe gestand und sie schließlich bat, seine Frau zu werden? Aber war nicht auch sie guten Glaubens gewesen? Hatte nicht auch sie volles Vertrauen in alle Schienenstränge, die ihr Leben zusammenhalten würden? Ja, sie waren vertrauensselig. Das Schicksal würde sie nicht fallen lassen. Alle standen doch zusammen. Und wie zuversichtlich war er in sein Leben hinein gewandert, das ihm ebenso solide in einem dichten Netz guter Verbindungen gebettet schien wie seine Streckenabschnitte im großen Schienenfeld.

***

Nein, es hatte nicht gereicht. Die deprimierenden Vorstellungen gewannen an Schärfe und Gewicht. Vielleicht hätte er besser im Krieg umkommen oder als vollkommen desillusionierter Soldat heimkehren sollen. Vielleicht hätte der ausgestandene Schrecken den Nährboden gebildet und die Chance gegeben für einen soliden Neuanfang. Jetzt aber … Seine Frau war gerade dabei, ihren Geist zu verpuppen und würde sich in ein stilles Großmütterchen verwandeln. Sie hatte geistig ausgesorgt, ihr konnte eigentlich nichts mehr passieren. Eines Tages würde sie als Schmetterling davonfliegen.

Aber all die anderen? Der Krieg hatte sie doch nicht alle hinweggerafft. Wie hatten sie es geschafft, sich ein neues Leben zu verschaffen, das sie offenbar friedlich wie zuvor durch ihren Tag gehen ließ? Aßen sie von einem neuen Brot der Gemeinschaft, das er nicht mehr kennenlernen, geschweige genießen durfte? Er hatte nicht mehr die Kraft, sich auf einen neuen, festen Grund zu retten. Kam aus dem Malstrom seines Bewusstseins nicht mehr raus.

Er hatte geglaubt, dass sein Glaube an Ordnung und Perfektion niemals in Wanken geraten könnte und ihm immerwährende Ruhe verschaffen würde. Diesen Glauben hatte er sich nicht erkämpfen müssen, der war über ihn gekommen – und er hatte ihn arglos angenommen, aufgesogen und sich zu eigen gemacht.

Er hätte vielleicht wie die anderen nur mitschreien, sich von den Inszenierungen unterhalten lassen sollen. Wer brüllt, johlt, klatscht und mit den Füßen trampelt, denkt nicht nach, interessiert sich nicht für tiefere Zusammenhänge und begreift nicht, was wirklich gespielt wird, besonders dann, wenn Wichtiges auf dem Spiel steht. Aber auch er hatte nicht begriffen, hatte die Ideologie für bare Münze genommen, obwohl er gar kein Schreihals gewesen war. Er hatte nur das Gute in den Diskursen gehört und daran geglaubt. Die Technik, die Tüchtigkeit im Dienst der Menschen. Die Bösartigkeit nahm er nicht wahr, die Propaganda hielt er naiv für eine Pädagogik des Ansporns – die er nicht benötigte, denn sein Pflichtgefühl war doch so groß. Ja, er war im Dienst, sein ganzes Leben bestand aus Dienst. Und alle waren zufrieden damit und hatten ihn auch später – nach der Katastrophe – weiter brav dienen lassen. Er war der stumme Diener, dienstbereit und diensteifrig. Doch jetzt verlor er seine Fundamente, und er selbst wurde mitgezogen, hilflos und fassungslos. Er, der einsame Streckenwärter, hatte offenbar so intensiv von Gemeinschaftlichkeit geträumt, dass er begierig alle Diskurse aufgesogen hatte, die ihm angeboten wurden.

Der Dienst an der guten Sache konnte doch nicht irren. Nur eine gute Sache konnte doch ein so reines Dienstgefühl hervorrufen. Warum nur ließ die gute Sache ihn jetzt fallen? Er hatte ihr doch nichts Böses getan. Und das Perfide daran, so schien es ihm, die Falle, die offenbar über ihm zugeschnappt war, das war sein Schienennetz, das gestern wie heute unentwegt herrschte. Nur seine Lebenswerte wurden nicht mehr befördert, neue Waren und Werte zirkulierten, wurden hin- und hergeschoben wie eh und je. Und die Kontaktfläche der Schienen war silberglänzend und glatt wie eh und je. In ihnen war nichts hinterlegt worden, sie hatten alle Geschichte abgewiesen oder spiegelblank poliert, weckten keine Erinnerungen, weder an Truppentransporter noch an den normalen Reise- und Güterverkehr noch an jene belgischen Reisewagen 3. Klasse, die er einst verwundert hatte vorbeifahren sehen, weil er sich nicht vorstellen konnte, wohin diese bunte Reisegesellschaft – gut genährte Männer, Frauen und Kinder – unterwegs sein könnte mitten im Krieg. Freilich hätte er gern mehr erfahren über diese Sonderzüge, aber als man ihm die Fahrpläne aushändigte, war ihm klar, dass er besser keine Fragen zu stellen hatte, denn er hatte längst gelernt, „dumme Fragen" für sich zu behalten, und besser noch, gleich wieder zu vergessen. Vielleicht ein Fehler – der Fehler schlechthin. Die Unfähigkeit, argwöhnisch zu sein. Die übergroße Bereitschaft, sich einlullen zu lassen und jeglichen Argwohn im Keim zu ersticken, weil es doch von den obersten Instanzen abgesegnete Worte waren.

Ja, er war selbst dieses Schienenfeld, das auch die schlimmsten Kriegsschäden wundersam überlebte und wie Phönix aus der Asche in wenigen Jahren noch machtvoller wiedererstand.

Doch im Gegensatz zu den Schotterbetten und Schwellen hatten seine Fundamente nicht gehalten. Und er hatte versäumt, sie zu erneuern, zu sanieren, sie der neuen Zeit anzupassen. Aber wie hätte er das bewerkstelligen können?

Die Kraft, die Übung, die Fähigkeit zur geistigen Auseinandersetzung und die damit verbundene Gewinnung neuer Stärke – all das hatte er nie gelernt. Und dieses Schienenfeld gab ihn nicht frei. Ihm fehlte die Beweglichkeit, die Flexibilität, der gesunde Opportunismus – eigentlich all diese Qualitäten, die das Menschsein ausmachen. Er war zu arglos. Wusste nichts von der Arglist des Daseins, hatte sich ganz diesem wunderbaren Netz aus Schienensträngen verschrieben. Und konnte nicht begreifen, dass er nur als Mittel zum Zweck benutzt wurde. Dass sich dieses Feld für ihn in einen Abgrund verwandeln würde. Nein, die Desillusion war unüberwindlich.

Alle Gotteslästerer, die er für Diener Gottes gehalten hätte, hätten ihn nicht an Gott zweifeln lassen – aber das da war der Missbrauch des Dienenden bis in den innersten Bezirk, die Auflösung des gewissermaßen reinen Dienens. Der Gott des Dienens war tot und sein Bewusstsein versank unter der Last der Leere. Die neue Zeit schien ihn nicht mehr zu benötigen. Sie betete andere Gottheiten an – mit unverbrauchten Glaubenspotenzialen, und die Gläubigen strömten ihnen begeistert zu, jedenfalls erweckten sie den Anschein neuer Gläubigkeit, die er nicht mehr verstand.

***

An jenem Herbstmorgen war es schließlich so weit. Er verließ wie gewohnt um sechs Uhr das Haus und machte sich auf den Weg zu seiner Dienststelle, wo er sich meldete, vom Betriebsleiter den Streckenplan des Tages entgegennahm sowie die Fahrpläne der Züge auf seinen Streckenabschnitten.

Kurz vor sieben meldete er sich ab und machte sich auf den Weg, lief zwischen den Gleisen des Güterbahnhofs und den Bahnsteiggleisen der Hauptstrecke. Ein ziemlich dichter Frühnebel lag über dem Gelände, da und dort schimmerten die roten Leuchtpunkte der Signale und Weichen. Er erreichte die dritte Weiche und überzeugte sich von ihrem ordnungsgemäßen Zustand. Es war vermutlich seine letzte Überzeugung. Er erreichte die beiden Schienenstränge der Hauptstrecke und bewegte sich auf dem rechten Gleis vorwärts, auf dem die Gegenzüge verkehrten. Nicht nur der Bahndamm mit seinen Säumen aus Büschen, Strauchwerk und Bäumen war in mittlerweile recht helle Nebelschwaden gehüllt, auch sein Bewusstsein war seltsam schwerelos und wie in Watte gepackt. Seine Arbeit tat er nicht mehr, sondern schlenderte fast heiter zwischen den Schienen. In ein paar Stunden würde die Sonne die Nebelschwaden auflösen und einen strahlenden Herbsttag bescheren. Er hatte alles im Kopf, was ihm zu tun blieb. Er erreichte die Kurve und verlangsamte seine Schritte. Sein Blick war jetzt starr geworden, vage nach vorn gerichtet. Sein unterdrücktes Leben quoll in ihm empor und füllte seine Augen langsam mit gestaltlos rinnenden Tränen.

Seine letzten Gedanken – wen interessierten noch seine letzten Gedanken? Er hätte sich viel früher in seinem Leben Gedanken machen sollen, dann kämen ihm jetzt keine nichtsnutzigen letzten Gedanken als höhnischer Abgesang auf seine desaströse Existenz.

In der Ferne ertönte ein Pfeifen, leicht gedämpft vom dichten Nebel. Ach, die neue 218, er kannte den Lokführer, ein junger Bursche, frisch verheiratet, seine Frau was schwanger. Er wolle ihm jetzt vorausgehen, sei ohnehin schon tot, immer gewesen.

Ein Jünger Jesu

Oje! Die Wespe hatte sich durch den Spalt des auf Kipp stehenden Fensterflügels in sein Zimmer verflogen und irrte jetzt gegen die Glasscheibe stoßend rauf und runter, kreuz und quer, fand nicht den Weg zurück durch den Spalt, den sie doch gerade beim Anflug genommen hatte. Nach einer Weile blieb sie ermattet unten am Rahmen unter der Gardine sitzen, sammelte Kraft und machte sich wieder auf den Weg, wollte ins Freie und blieb hoffnungslos an der Scheibe hängen.

Der Bub blickte von seinen Hausaufgaben auf und verfolgte aufmerksam das Treiben der Wespe vor der Fensterscheibe, unter der sein Schreibtisch stand. Ein wenig mulmig war ihm schon, denn man hatte ihn gelehrt, sich vor Wespen in Acht zu nehmen. Die hätten einen Stachel und könnten damit sehr böse stechen, schmerzhafte Schwellungen und Entzündungen hervorrufen. Vor allem sollte man nicht nach ihnen schlagen oder versuchen, sie mit heftigen Bewegungen zu vertreiben, das mache diese Tiere wütend und angriffslustig.

Aber bald überwog das Mitleid, denn er erkannte sehr wohl die hoffnungslose Lage, in die sich die Wespe manövriert hatte. Sie verstand nicht, dass die Glasscheibe eine unsichtbare Barriere bildete, und stieß immer wieder gegen dieses Hindernis. Ja, das Tier war in einer Falle gefangen und unternahm einen sinnlosen Ausbruchsversuch nach dem anderen. Zwei Einsichten boten sich an: Das dumme oder das arme Tier, zusammengefasst: das dumme arme Tier. Und es will in seine Freiheit, dorthin, wo es weder dumm noch bedauernswert ist, sondern sich selbst.

Schließlich beschloss der Junge, dem Tier dabei zu helfen, seine Freiheit zurückzugewinnen. Und es gelang ihm mit viel Mühen und nach zahlreichen vergeblichen Versuchen, die Wespe auf den Weg zurück in die Freiheit zu bringen. Er öffnete den Fensterflügel zur Hälfte, entfernte vorsichtig die Gardinenstange, nahm sein Deutsch-Arbeitsheft zu Hilfe, mit dem er behutsam die Wespe um den Fensterrahmen herum zu drängen versuchte, was sie nicht begriff, bis es ihm schließlich doch gelang, sie um den Rahmen herum zu manövrieren – und weg war sie, Richtung Garten, wo ein Birnbaum stand mit in der Nachmittagssonne heranreifenden Früchten an diesem warmen Frühherbsttag. Erleichtert und befriedigt schaffte er wieder Ordnung am Fenster und schloss zur Sicherheit den Fensterflügel, damit sich nicht noch einmal eine Wespe in sein Zimmer verirren sollte.

***

Wie die Wespe seiner Kindheit sich im Irrgarten der Hindernisse verlor, so verloren war der Junge auf dem Feld der Aggressionen seiner jungen Jahre. Mit den kleinen Streitereien und Machtkämpfen der Kinder und Jugendlichen in seinem Umfeld konnte er nichts anfangen. Wenn er hineingezogen wurde, tat er alles, um sich der Situation zu entziehen. Eher vermied er es, in sie hineinzugeraten. Mutwillig hervorgerufenes Leid war ihm zutiefst zuwider. Derartige Verhalten flößten ihm Furcht ein, lähmten ihn oder erfüllten ihn mit Mitleid. Nie vergaß er die Szene einer Rauferei, in die er geraten war, ohne noch zu wissen, warum eigentlich. Er setzte sich zur Wehr, war kräftig genug, um den anderen in den Schwitzkasten zu nehmen. Und als er meinte, die Auseinandersetzung sei vorbei und er den anderen wieder losließ, schlug dieser ihm ins Gesicht. Das verschlug ihm die Sprache und lähmte ihn. Fassungs- und regungslos schaute er dem anderen hinterher, der sich offenbar befriedigt umdrehte und sich entfernte. Er fühlte sich seltsam misshandelt, ja in gewisser Weise von der Aggression des anderen überrumpelt und missbraucht. Ihm war ein gewaltsamer Akt angetan worden, den er nicht verarbeiten konnte und der in ihm steckte wie ein Stachel, der unter die Haut gefahren war. In dieser frühen Phase seines Lebens mussten in seinem Innern bestimmte Weichen gestellt worden sein: Er würde die unauflösbare Aggression nie mehr loswerden. Sie hatte ihn in ihrem Besitz genommen. Sie würde immer leidvolle Spuren ziehen und besaß einen unstillbaren Drang nach Betätigung. Als ob es nicht schon genug Leid unter den Menschen gäbe – hervorgerufen von ihrer Gebrechlichkeit und Beschränktheit.

***

Je mehr er sich gedanklich mühte, Gewalt und Leiden über Unterbindungs- und Vermeidungsstrategien geistig zu entschärfen, desto hoffnungsloser und ohne Aussicht auf Erfolg erschien ihm seine Bemühung. Wie die Wespe an ihre Hindernisse, so stieß er immer wieder an die Grenzen der menschlichen Aggressionskontrolle und näherte sich dem Saum des Bösen. Noch nahm er keinen Einblick in das Reich des Bösen.

Er begann ein Studium, beschäftigte sich mit Sprache und Literatur und geriet an wichtige moderne Symbolsprachen des duldsamen Leidens. Häufig war die Rede von sanft verblutendem Wild, Liebe und Salamander. Sein Geist nahm diese Symbole auf und verstärkte sie. Er begann zu glauben, dass hinter diesen Symbolen gewaltige Sinnräume verborgen lagen, Verstehen weckend, Kraft und Trost spendend. Räume, die der Mensch zu missachten gelernt hatte, weil, ja weil er zu unsensibel, zu hart und brutal mit sich selbst, der Kreatur und der Welt geworden war – so glaubte er.

Und immer, wenn ihn die Bilder und Szenen des Leids zu heftig in ihren Bann schlugen, versuchte er, an diese Schatzkammer der Symbole heranzukommen, die von der Liebe sprachen, die das Leid überwinden konnte wie auf der heißen Stirn die kühle Mutterhand das Fieber des Kindes. Ihn ergriff die Vorstellung eines leidenden Wesens, das sich durch die Existenz schleppte, vielleicht auf der unbewussten Suche nach Erlösung.

In dieser Phase seiner Existenz setzte er der Gewalt keine gedankliche Gegengewalt mehr entgegen, sondern die Gewaltlosigkeit. Er hielt die Gewalt für den Ausdruck aller Niedertracht, Lieblosigkeit und geistigen Behinderung, kurz, für eine negative Macht, die selbst nicht kreativ sein konnte, weil sie nicht die guten, positiven Kräfte des Menschen als Urheber besaß, sondern sein hässliches, missratenes Denken unendlich verlängerte und damit das Dasein verdarb.

Sein Gerechtigkeitsempfinden war noch lebendig. Es bereitete ihm Pein, wenn er Zeuge gewaltsamer Geschehen wurde, all die Szenen, wo unverhohlene Macht triumphierend ihre Lust zu unterwerfen befriedigte, mal brutal und primitiv, mal subtil, ja diabolisch. Und er litt unter seiner Ohnmacht und der Gedanke ließ ihn nicht los, vielleicht dazu verurteilt zu sein, im Schatten einer – auch geistig – unbezwingbaren Macht zu leben, in der sich das Niedrige des Menschen emporschwang, um den Menschen zu beherrschen. Die Vorstellung, hier noch etwas mit Gerechtigkeit ausrichten zu können, verlor sich. An ihre Stelle traten die unvorstellbare göttliche Gerechtigkeit und die Hoffnung, dass Er eines Tages kommen werde, „zu richten die Lebenden und die Toten".

***

Kurz vor der Zwischenprüfung gab seine Psyche zum ersten Mal ernsthaft nach. Da war der Stress, den er sich bei der Prüfungsvorbereitung machte (ein gewisser Hang zum Perfektionismus war unverkennbar und stand ihm im Weg). Da war auch die schwere Erkrankung der geliebten Mutter und ihr stilles Leiden, das für ihn ungeheuer große Dimensionen annahm und ihm als Last auf Seele und Gemüt lag. Verzweifelt nahm er die schwindende Kraft der Mutterliebe wahr.

Er suchte den Rat eines Psychologen. Man kam überein – wahrscheinlich die falsche, auf jeden Fall die unvollständige Diagnose -, dass seine psychischen Störungen von den äußeren Belastungen hervorgerufen wurden. Entsprechend nahm man die Störfaktoren in Angriff, versuchte es mit Entspannung und was seine Prüfungsängste anbetraf, so praktizierte er autogenes Training, um seine Angst- und Erregungszustände in den Griff zu bekommen. Was auch halbwegs gelang. Er schaffte die Prüfung und auch Mutter sollte wieder zu Kräften kommen. Dennoch war diese Periode schon wie ein Wink des eigentlichen Schicksals zu verstehen, dessen Flügel ihn unsanft berührt hatte.

***

Als seine Mutter aus dem Krankenhaus heimkehrte, waren die Spuren ihres Schlaganfalls unverkennbar. Sie habe viel Glück im Unglück gehabt, ließen sich die behandelnden Ärzte vernehmen. Mit der alten Autonomie allerdings war es vorbei. Gehhilfen und Rollator wurden beschafft. Monatelang kam eine Physiotherapeutin zweimal die Woche und machte Übungen mit seiner Mutter. Richtig auf die Beine kam sie nicht mehr. Mutter betrauerte still den Verlust ihrer Fähigkeit, ihre Familie zu umsorgen. Zugleich war sie dem Herrgott dankbar, dass sie diesen Schlaganfall noch relativ glimpflich überstanden hatte und wenigstens ihr Bewusstsein und Sprechvermögen einigermaßen intakt geblieben waren. So war es ihr doch vergönnt, weiterhin für ihre Lieben da zu sein, wenn auch eingeschränkt.

Für ihn war der Anblick seiner Mutter, des einzigen Menschen, von dem er innige Liebe empfangen hatte, ein Schock. Er machte sich keine Illusionen: Das war der Anfang von Mutters Ende. Sie war auf das letzte Teilstück ihres Lebens geraten. Und sie alle wussten es, er, der Vater, seine Schwester, Mutter selbst, aber man konnte es sich nicht sagen. Man litt gemeinsam und hoffte vielleicht, dass ihnen daraus die Stärke erwachsen würde, um sich dem Schicksal nicht nur ergeben zu fügen, sondern dieses anzunehmen als eine Gabe, die man einst vom Herrn empfangen hatte und bald wieder zurückgeben werde.

Zwei Jahre später starb seine Mutter. Er reagierte apathisch und wie abwesend auf den Verlust. Vom aufgebahrten Leichnam nahm er mit versteinerter Miene Abschied. Ein heiliger Schmerz hatte ihn ergriffen. Das Mysterium des Liebesopfers hatte sich ihm offenbart.

Ja, der Tod seiner Mutter entfachte in ihm eine Art Mystizismus, in dem er alle seine Vorstellungen konzentrierte und fokussierte. Ihr Tod war gewissermaßen der letzte Baustein, mit dem er seine Existenz abschloss. Jetzt stand sie auf einem soliden Fundament. Der Tod, dieser Quell aller Aggression und allen Leidens, war domestiziert. Sein Vater erholte sich nicht mehr von der Niedergeschlagenheit, die ihm der Tod seiner geliebten Frau eingebracht hatte. Er verstummte und durchlief in sich gekehrt und mühsam seine restlichen Tage.

***

Ein Studienfreund früherer Jahre, mit dem er sporadisch Nachrichten ausgetauscht hatte, besuchte ihn überraschend. Sie verbrachten zwei Tage miteinander und diskutierten ausführlich ihre bisherigen Studien, bilanzierten ihr intellektuelles Leben. Der Studienfreund gewann den Eindruck, dass sein Gegenüber fast unangenehm detailversessen sprach. Andererseits schienen ihn übergeordnete Problemstellungen nicht mehr zu interessieren. Im Nachhinein sagte sich der Freund, dass dem anderen vielleicht die Liebe zur Wissenschaft verloren gegangen sein müsse. Stattdessen schien sich der andere sehr intensiv mit „grünen" Themen zu beschäftigen. Dies jedoch weniger in einem strengen wissenschaftlich-ökologischen noch politischen Sinn, sondern eher in einer fast sektiererischen, den Schutz der Schöpfung predigenden Weise. Ob Bausünden, Zerstörung der alpinen Landschaft durch den Bau von Skiliften, Wildbachverbauungen – alle Eingriffe der Menschen in die Umwelt wurden als eine Art Frevel gegen die natürliche Ordnung interpretiert, die ihm in der Natur hinterlegt schien.

Der Freund bemerkte zwar die eigenartig übersteigerten Gedanken, doch er verstand nicht die neue Tragweite. Schließlich hatte er den anderen als jemanden in Erinnerung, der intellektuell ausgesprochen redlich und sorgfältig vorging. Er selbst hatte sich mit diesen Themen bisher nur am Rande befasst. So behielt er die praktischen Informationen und Hinweise, ohne darauf zu achten, welche Bedeutung diese Dinge für den anderen besaßen.

Wahrscheinlich war er Zeuge von Zeichen geworden, die mit einem tiefgreifenden Bewusstseinswandel des anderen zu tun hatten. Aber er war außerstande, diese Zeichen richtig zu erfassen und zu deuten. Damals waren „grüne Ansichten" in der Gesellschaft, insbesondere aber an den Universitäten, verbreitet und galten als zukunftsweisend. Von Umweltzerstörung durch den Menschen war die Rede und man ging dem großen Geflecht dieses zerstörerischen Wirkens nach. Man spürte unzählige Formen der Umweltbelastung, -verschmutzung und -vergiftung auf, fertigte Studien und stellte die Schädigungen öffentlich an den Pranger.

Freilich regte sich Widerspruch, aber der beschränkte sich auf den Vorwurf der Übertreibung und politischen Panikmache. Die Masse der Fakten war erschlagend. Es gab keinen

Zweifel, dass der Mensch seine eigene Umwelt, seine Biosphäre durch sein Wirtschaften ernsthaft in Mitleidenschaft zog.

Er beschwichtigte sich damit, dass sein Studienfreund in all diesen kritischen Betrachtungen realistische Ziele verfolgte. Er hielt ihn für eine Art Umwelt-Aktivisten, jedenfalls gedanklich – und eines Tages vielleicht auch gesellschaftlich engagiert. Vielleicht hätte ihm auffallen können, dass der Freund in seinen Betrachtungen der Umweltschäden, die er sehr genau erkannte und beim Namen nannte, Nuancen der Wehmut anklingen ließ und keineswegs die Zuversicht eines Aktivisten, der Kampfbereitschaft zeigte und aufbrechen wollte, um hier Änderungen und Abhilfe zu schaffen, Wendungen zum Guten. Aber er bemerkte nicht, dass in den Worten des Freundes von Schöpfung die Rede war, wenn er von Umwelt und Natur sprach, dass er vom Leiden der Schöpfung durchdrungen war, dass in der Tiefe seines Bewusstseins wieder jene Wespe auftauchte, an deren Verhalten der Junge begriff, dass man diesem Tier nicht erklären konnte, wie es sich richtig zu verhalten hätte, intelligent, um aus seiner Falle herauszufinden. Nein, er hatte diesem Tier, das so machtlos zurück in sein gewohntes Umfeld strebte, seine Sympathie geschenkt und ihm mit viel Geduld und sanfter Hand dabei geholfen, den Weg zurück in sein freies Leben zu finden.

***

Mit seiner älteren Schwester unterhielt er eine innige, vollkommen keusche Beziehung. Die Schwester als Objekt seines sexuellen Begehrens anzusehen, war ihm nicht einmal als flüchtige Fantasievorstellung in den Sinn gekommen. Überhaupt tat er sich mit seiner Sexualität sehr schwer. Man konnte ihn nicht verklemmt nennen. Die Barrieren, die sich in seinem Bewusstsein aufbauten, konnte man eher als eine spezielle Form der Inhibition bezeichnen, als ein Gehemmtsein höherer Ordnung, eine sehr persönliche, sublime Form der Keuschheit, verwandt vielleicht mit dem mönchischen Wesen. Er stand den Frauen nicht ablehnend gegenüber, war weder Frauenverächter noch homosexuell. Vermutlich hatte er Frauen dermaßen idealisiert, dass jegliche sexuelle Begegnung mit einer realen Frau nur noch hätte traumatisierend ausfallen können. Er selbst war auf dem Weg zum asexuellen Wesen.

Er sollte dem Freund gestehen, dass er die verpasste Begegnung mit einer Frau ernsthaft bedauere. Offenbar sollte er doch erkennen, dass die Frau zwar das Ideal des Mannes ist, es jedoch keineswegs ihre Aufgabe ist, dem Mann sein Ideal vorzugaukeln. Der Freund hatte ihm – eingedenk seiner eigenen katastrophalen Begegnungen mit Frauen – ziemlich trocken, vielleicht sollte es ja ein Trost ein – entgegnet, dass er nichts verpasst hätte. Vielleicht wollte er ihm auch nur bedeuten, dass er wenig davon halte, sich an verpasste Gelegenheiten zu verbeißen und ihnen nachzutrauern.

**

Das Studium (Lehramtsstudium Deutsch/Italienisch) schleppte sich dahin, der Lehrstoff baute sich zu einem unüberwindlichen Hindernis auf. Er versank in einem Ozean von Ansichten, Konzepten, Theorien, Prinzipien, Analysen –

genauer gesagt, der Diskurs löste sich auf, schien immer neue Diskurse zu zeugen. Derweil bröckelte die Kohärenz, sodass sich eine unüberschaubare Menge von Einzeldiskursen bildete, die scheinbar zusammenhangslos koexistierten und in seinem Bewusstsein vagabundierten oder rieselten wie Sand. Und eine Angst stieg in ihm empor, die Angst der Orientierungslosigkeit und die Furcht, in all den Worten sprachlos zu werden. Die innere Anspannung war enorm, er erlebte immer wieder Angstattacken. Verzweiflung machte sich breit. Er unternahm verschiedene Versuche, Orientierung und Stabilität mithilfe eines wissenschaftlichen Diskurses zu erlangen.

Die Bemühungen führten zu keinem Ergebnis. Seine Diskurse blieben inkohärent, unstabil. Man könnte auch sagen, dass es ihm nicht vergönnt war, einen geschlossenen Diskurs aufzubauen, mit dem sich das Dunkel der nagenden Zweifel und der Überforderung vertreiben ließ.

Ja, der wissenschaftliche Diskurs sollte weder Dämonen austreiben noch ihm erlauben, einen Ort geistiger Stabilität zu errichten. Die Konzepte, denen er begegnete, prallten offenbar an seinem Geist ab und dies nicht, weil er zu blöde war. Nein, der Geist, der ihm aus all diesen Diskursen entgegenschallte, kam ihm inakzeptabel vor, dieser von sich eingenommene Machergeist, der vielleicht einen winzigen Blick auf einen winzigen Zipfel des großen Geschehens getan hatte und flugs meinte, er hätte die Welt gesehen und könne sich an den Strahlen der kleinen Wissenssonne, die er entzündet hatte, erfreuen. Vielleicht kokettierten, ja paktierten all diese Diskurse zu sehr mit der Macht anstatt mit der Demut. Von der Macht ließ er sich nicht mehr durchdringen und in einen ihrer Proselyten verwandeln.

***

Die brutalen Erschütterungen des angespannten Denkens vertrieben seinen Geist aus den letzten Rückräumen und seine psychische Störung verstärkte sich. Wie soll man diese Eintrübung begreifen? Er erreichte den Punkt, wo sich kein Abstand mehr gewinnen ließ. Sämtliche Möglichkeiten der Rücknahme, der ironischen oder ergebenen Distanzierung waren unauffindbar. Der Reflex, der uns eine Ausweichbewegung machen lässt, funktionierte nicht mehr. Es kam zum Kurzschluss und im Anschluss gab es kein Zurück mehr. Nun steckte er drin in seinem Kreuz, konnte sich nur noch in dieser Form winden, von innen festgenagelt.

Dass er sich später schließlich an das Kreuz einer anerkannten psychischen Erkrankung nageln ließ, war eigentlich nur noch die Folge, die äußere Bestätigung. Sein endgültiger Rückzug aus der Normalität war unumkehrbar geworden. Seine Abkehr von den alltäglichen sozialen Verrichtungen beschleunigte sich.

Von seiner sozialen Person blieb nur noch wenig übrig, zu wenig, um das Leben eines erwachsenen Menschen zu führen. Er legte allmählich die normalen sozialen Handlungen und Verhalten ab, wie man seine Kleidungsstücke ablegt. Das Verantwortungsgefühl erstarb, es gab keine konkreten sozialen Verpflichtungen mehr für ihn. Seine Schwester akzeptierte er als seine Betreuerin und Zuhörerin seiner zunehmenden Monologe.

In ihm wuchs das Bedürfnis, nur noch über die „Wahrheit"
mit den Menschen zu kommunizieren. Die Rolle der Unmög-
lichkeit wurde allmählich von satanischen Mächten übernommen, die sich gegen die Macht der Liebe in ihm wandten.

Sein Geist richtete sich in dieser Vorstellung des hohen
Kampfes gegen die Finsternis ein. In seinem Vokabular tauch-
ten biblische Reminiszenzen auf. Von meinem Golgota war die
Rede, von Eucharistie vielleicht in Anspielung auf ein Trakl-
Gedicht (Winterabend): „Da erglänzt in reiner Helle / auf dem
Tische Brot und Wein". Immer deutlicher formte er sich selbst
zum mystisch Inspirierten.

∗∗∗

Sein Hausarzt und sein Psychologe empfahlen ihm, sich in
die Obhut der Psychiatrie zu begeben – was er tat. Nach einer
umfassenden Anamnese – auch seine Schwester wurde angehört – und nach umfangreichen Tests sowie neurologischen
Untersuchungen diagnostizierten seine behandelnden Psych-
iater eine schwere psychische Störung. Was in seiner Kranken-
akte niedergeschrieben wurde, soll hier nicht interessieren.
Der Befund wurde ordnungsgemäß nach ICD-10 (schizophre-
ne Psychosen) verschlüsselt. Schreib: Ich bin der gekreuzigte
König der Menschen und habe das Elend ihrer Macht/Macht-
losigkeit auf mich genommen. Was nach ICD-10 geschrieben
ist, bleibt geschrieben. Es ist mir im Grunde auch vollkommen
egal.

Somit war er zum sozialen Untoten erklärt und bekam eine
schöne Akte, sozusagen die Geburtsurkunde eines Lebens
nach dem Leben. Die Spezialisten gelangten zu der Über-

zeugung, dass von ihm keine Gefahr ausginge, weder für sich selbst (Suizid) noch für andere (Wutausbrüche, aggressive Handlungen). Außerdem verfügte er über eine bescheidene, aber hinreichende Orientierung im sozialen Raum. Mit seinen eigenen vier Wänden hatte er keine Probleme. Deshalb stand seiner Eingliederung in die offene Psychiatrie nichts im Weg.

Man kann den Ärzten keinen Vorwurf machen, insofern, als er tatsächlich nicht mehr in der Lage war, ein umfassendes selbstbestimmtes Sozialleben zu führen. Sie trugen Sorge, ihm so viel Autonomie wie möglich zu erhalten. Ein paar Straßenecken entfernt von seinem Elternhaus erhielt er in einem mehrstöckigen Gebäude einer nach dem Krieg entstandenen städtischen Sozialwohnungssiedlung eine kleine Zweizimmerwohnung im dritten Stock mit Kochecke als bescheidene Bleibe in dieser Welt.

Dass er nach einiger Zeit in diesem Haus böse Einflüsse wahrnahm, gegen die er sich (geistig) zur Wehr setzen musste, war weiter nicht störend. Es geisterte im Haus, was für ihn nichts Ungewöhnliches war. Er führte einen reinen geistigen Abwehrkampf, es war ein inneres Ringen um das Seelenheil aller Menschen willen.

Seine Schwester schaute regelmäßig nach dem Rechten, führte größtenteils seinen rudimentären Haushalt. Seine Mahlzeiten nahm er zumeist in der Kantine des nahe gelegenen psychiatrischen Zentrums ein. Der Einrichtung und Ausstattung seiner Wohnung schenkte er keine Beachtung. Das Mobiliar war spärlich und ärmlich. Der einzige Ort, der wirklich von ihm bewohnt wurde, war sein Schreibtisch mit einer Regalwand voller Bücher in seinem Rücken. Auf der linken

Seite erhielt er das Tageslicht durch ein zweiflügeliges Fenster. Das Fenster besaß Vorhänge, jedoch keine Gardinen. Vom Schreibtisch blickte er – wie einst der Knabe – auf den Park mit Rasen, Bäumen und Sträuchern. Auf der rechten Seite, etwas weiter entfernt befand sich ein kleiner Spielplatz mit Klettergerüst, Schaukel, Wippen und Sandkasten. Manchmal betrachtete er regungslos die dort spielenden Kinder und es drangen Lautfetzen zu ihm herüber, die er nicht verstand.

Einen Laptop und einen PC besaß er nicht, ebenso wenig ein Radio- oder ein Fernsehgerät, ebenfalls kein Smartphone. In der kleinen Diele stand ein Telefon älterer Bauart. Offenbar interessierten ihn die modernen Kommunikationsmittel nicht oder er konnte an ihnen keinen besonderen Nutzen entdecken.

***

Den Tod des Vaters erlebte er mit dem Bewusstsein des psychisch Kranken. Trauer brachte er nicht mehr zustande, die hatte er mitsamt der Mutter beerdigt. Er verspürte den unerklärlichen Drang, diesen Tod zu inszenieren. Er musste dem Vater ein würdevolles Begräbnis verschaffen – dieser Gedanke beherrschte ihn und trieb ihn an. Er erfüllte diese Aufgabe, die er sich gestellt hatte, indem er eine lange Liste der Danksagungen an alle erstellte, die sich während seiner Krankheit um den Verstorbenen bemüht und die Beerdigung feierlich gestaltet hatten. In dieser Sammelliste alternierten akribisch namentliche und anonyme Nennungen, wurde ebenso für tröstende Begleitung im Gebet gedankt wie für den feierlichen Gottesdienst und dessen schöne Begleitung durch Bläser, den

Organisten und eine Sängerin. Eine gebräuchliche Form der Danksagung, die er allerdings über den konventionellen Stil hinaus extensiv anwendete. Von Freunden und Bekannten war die Rede, von der Sippe keine Spur. Sie schien ausgestorben zu sein oder hatte sich verflüchtigt. Der Totenzettel war nur von ihm und seiner Schwester unterzeichnet. Offenbar hatte er zusammen mit ihr den Vater begraben, sie beide allein als Verwaiste.

Seine Schwester übernahm die elterliche Wohnung. Sie machte ihren Einfluss geltend, verwies auf ihre schwierige Lage, weil sie sich doch ständig um ihren kranken Bruder kümmern müsse. Die städtische Wohngesellschaft akzeptierte und der Mietvertrag wurde neu geschlossen.

Die Welt der Lebenden geriet zur Spieluhr, die Menschen zogen wie Figuren vorüber, näherten sich einander, entfernten sich voneinander. Ein stummes, buntes Treiben, dem er ohne Teilhabe zuschaute, denn sozial interagierte er nicht mehr. Er absolvierte bestimmte einfache soziale Handlungen, verband mit ihnen aber keine Anteilnahme mehr.

In ihm hatte sich längst seine Innenwelt ausgebreitet mit ihren Regungen, die sie nicht mehr aus dem Kontakt mit den Menschen empfing, sondern aus Vorstellungen, die ihn ausfüllten und mit intensivem Leben erfüllten. Seine Innenwelt sprach zu ihm über die Menschenwelt und ließ ihn in einer Endlosschleife über ihre satanischen Verheerungen und den mutigen Kampf der lichten Liebe gegen die Finsternis sprechen. Die Rückkoppelung mit den Menschen geschah nicht mehr als kontinuierlicher Austausch von Worten, Gesten und Handlungen, sondern imaginär. Er hatte sich in eine *persona* verwandelt, hielt sich wahlweise für einen Adler, einen Falken, einen Sturm, einen Engel, näherte sich der Sonne göttlicher Liebe. Doch er verstrickte sich immer wieder in Kämpfe mit unsichtbaren, mächtigen Feinden, deren Waffe schwarz strahlende Finsternis war. Immer wieder zog es ihn nach Golgota, dem zentralen Ort seiner imaginären Topologie, die vom Liebesopfer sprach. Nein, er hielt sich nicht für Jesus, eher für einen spirituellen Jünger auf dem Weg des Lichtes.

***

Der Rückgriff auf die Lichtmetaphorik war eine gute Wahl. Seit dem Johannes-Prolog, vor dem sogar ein Jacques Derrida respektvoll den intellektuellen Hut zog, leuchtet das Wort in der Finsternis unserer Diskurse wie das kleine Licht am Ende des Tunnels. Nun, es will einfach nicht größer werden. Aber das ist auch gar nicht so wichtig. Als Kinder Gottes im Licht Seiner Liebe haben wir keine Beleuchtungsprobleme, was unsere Existenz angeht. Wir haben nicht nur das Gottes-Gen (wie alle Menschen), nein, wir wissen, dass wir das Gottes-Gen besitzen, weil es uns geoffenbart wurde. Und viele Möglichkeiten werden uns geboten, es in uns zur Wirkung zu bringen. Denn wir verfügen zum Glauben über das rechte Wissen, die Orthodoxa oder die Catholika mit ihren unzähligen Schlüsseln, die den Zugang zum Reich Gottes aufschließen.

Unter den Mystikern des Mittelalters hätte er sicher eine gute Figur gemacht – von psychischer Erkrankung wäre nicht die Rede gewesen; er hätte – im Gegenteil – großes spirituelles Ansehen erlangen können. Die einzige Gefahr wäre vielleicht gewesen, dass ein Neider oder sonst wie Übelwollender ihn der Häresie bezichtigt und mit seinen Anschwärzungen ein offenes Ohr beim bigotten Bischof gefunden hätte, wie es Meister Eckhart zugestoßen war. Dem wurden akribisch zusammengestellte Listen mit eigenen Aussagen vorgehalten, schön aus dem Werkzusammenhang gerissen, die allesamt angeblich häretische Inhalte besaßen. Nun, Meister Eckart wusste sich zu helfen. Er wies jede Häresie weit von sich und räumte ein, dass Irren menschlich sei und er sich von allen Irrtümern selbstverständlich distanzieren werde, sollten sie nachgewiesen werden. Ein vorsätzlicher Häretiker sei er jedenfalls nicht. Der Inquisitionsprozess geriet zur Hängepartie, schleppte sich bis an den Papsthof in Avignon. Der Verdächtigte verstarb vor Prozessende. Und da Tote sich nicht mehr äußern, ließ der Papst verlauten, Meister Eckart habe vor seinem Tod alle seine Irrtümer widerrufen und sei mit den Tröstungen der Kirche versehen sicher in Richtung Himmel abgedampft. Damit war die unerquickliche *causa* elegant aus der Welt und ihr Urheber unter der Erde. So, seufzte Benedikt XII. *en catimini*, ein theologischer Quälgeist weniger.

In der heutigen Zeit gelangt man in der abendländischen Kultur mit mystischen Vorstellungen nicht mehr weit. Vielleicht noch in verborgenen Nischen der katholischen Kirche, wo man sich auch noch mal ein paar Stigmata oder eine Erscheinung der Jungfrau zuziehen kann. Ansonsten bleiben nur noch fernöstliche Geistesgewächse, gern auch esoterisch verkrautet. Aber ihn hatte nur der grüne Hauch gestreift und gelesen hatte er darin schließlich eher etwas umfassend Geschöpftes in Richtung Sonnengesang. Allerdings war es zu spät für Preisgesänge der Geschöpfe, die sich mittlerweile schon mit Atombomben beworfen hatten und auch sonst unverdrossen sehr destruktiv zu Werke gingen.

Unter dem Druck permanenter Destruktion – vielleicht war das ja seine Wahrnehmung der Dekonstruktion – waren in ihm die geistigen Dämme gebrochen. In seiner Zwangsstörung hatte er seine neues und ultimatives Gleichgewicht gefunden. Das ewige Licht war ihm entzündet worden und leuchtete ihm.

***

Eigentlich tat er nichts anderes als jeder andere Mensch, der sich in Raum und Zeit plagt und sich durch den Urwald seiner Lebensumstände schlägt: er pflegte das Licht seines Verständnisses (Verstehen und Glauben) und achtete darauf, dass die Umnachtung nicht das Licht zustellte oder gar verschlang.

Vor seiner Erkrankung allerdings war er am Verständnis, am kulturellen und sozialen Verständnis seiner selbst und der umgebenden Soziosphäre grandios gescheitert. Und dieses Scheitern hatte ihn krank werden lassen, krank werden am sozialen Wesen. Er ist gewiss kein Einzelfall. Er hatte – naiv wie er war – zu viele Diskurse für bare Münze genommen, die ihn Wahrheit Spielgeld von Gleichgültigen, Zynikern, Gierigen, Egomanen, Geltungsbedürftigen oder anderen Soziopathen waren – mit einem Wort, die Währungen der Aggression. Dann hatte er sein Heil in den wissenschaftlichen Diskursen gesucht – und nicht gefunden, denn nach seinem Verständnis gingen diese Diskurse alle an den heillosen sozial-kommunikativen Zuständen und ihren unüberwindbaren Widersprüchen vorbei.

Seine Augen des Erkrankten ließen ihn schließlich ein Casino Satans schauen. Wie es möglich sei, dass die Menschen ihre Seele verspielten, ohne es überhaupt zu bemerken. Wie das wahrhaft Verbindende in ihnen verstummte und sie miteinander bösartige Klebstoffe teilten, die sich zu Netzen der Aggression und Destruktion fügten, in denen sie sich selbst verfingen. Und wie das Böse sein Zepter schwang, unsichtbar immer neue Zahlen und Symbole aus seinen Karten und Würfeln springen ließ, in deren Kombinationen die Menschen ihr Wohlergehen und Unglück wie in einem finsteren Orakel lasen.

Uns geht es gut

„Sag mal, eigentlich geht es uns doch nicht schlecht. Ich meine, sowohl dir als auch mir."

Seine Freundin wusste zwar nicht, worauf er mit dieser Eröffnung hinaus wollte, aber mit einer Mischung aus Schulterzucken und Kopfnicken signalisierte sie vorsichtige Zustimmung. Sie wartete ab, wohl wissend, dass er mit einem Hintergedanken herausrücken würde.

Die beiden saßen im großen Wohnraum ihrer Dachgeschosswohnung mit Loggia unweit des Viktualienmarkts. Die junge Frau hatte es sich in den dicken Sitzkissen ihres geliebten Rattansessels bequem gemacht und trank mit kleinen Schlucken einen weißen Tee Mango-Zitrone. Ihr Lebensgefährte lagerte gemütlich auf der Couch, hatte den Kopf auf einem weichen Kissen gebettet und stützte sich mit dem rechten Fuß am Boden ab. Der Frühling ließ auf sich warten und es war zu kühl, um sich in die Loggia zu setzen, obwohl diese südseitig gelegen und recht windgeschützt war. Er griff zum Glas mit alkoholfreiem Weizenbier, denn er war mit dem Auto da und würde an diesem Abend zurückfahren, nach Hadern, wo er eine kleine Eigentumswohnung besaß.

„Wir haben uns doch unseren Wohlstand erarbeitet. Wir machen gute Jobs und bekommen dafür gutes Geld", fuhr der junge Mann fort.

„Natürlich. Zweifelst du daran oder glaubst du etwa, uns würde das Geld hinterhergeworfen?"

„Nein, natürlich nicht", entgegnete er zögernd.

„Aber?"

Ja, was wollte er eigentlich sagen? Dass er in einer Glaubenskrise steckte, in Sachen Geldverdienen? Dass etwas mit dem Geldverdienen nicht stimmte? Vielleicht nie gestimmt hatte? Dass er es lange nicht wahrgenommen hatte. Dass er guten Glaubens gewesen war und an das ehrlich verdiente Geld geglaubt hatte – wie es ja seine Freundin auch tat. Man gehörte doch zur großen Glaubensgemeinschaft, überzeugt davon, dass das Geld, das einen jeden umgab, auf gutem Glauben und ehrlicher Arbeit fußte und durch das Wirken der Glaubenden vermehrt wurde.

Alle, mit denen sie verkehrten, glaubten dies. Und das stimmte ja: Er tat etwas für sein Geld, er verdiente es ehrlich, lieferte eine nützliche Gegenleistung. Und so war es überall. So entstanden Produkte und Dienstleistungen, die ihren Preis hatten, und in ihrem Gefolge allgemeiner Fortschritt und Wohlstand. Aber dann war ihm der Gedanke gekommen, dass dieses von ihm ehrlich verdiente Geld in die Kanäle unehrlicher Zwecken abgeleitet wurde, jedenfalls in beträchtlichen Mengen.

Und er stellte seiner Freundin folgende Frage: „Wie sieht das aus mit der Ehrlichkeit, die in unserem Geld steckt? Wir wissen doch, dass Geld ein Wertspeicher ist. Speichert unser Geld mehr Ehrlichkeit als Unehrlichkeit oder umgekehrt?"

Seine Freundin schaute ihn entgeistert an. „Was? Was erzählst du da? Woher sollen wir das wissen? Geld stinkt nicht, sagte mal ein römischer Kaiser, glaube ich."

„Ja", entgegnete er, „aber man hat auch schon von Geld gehört, an dem Blut klebt oder die Zerstörung von Suchtkranken. Vielleicht gibt es auch Geld, das die einen systemisch reich macht und die anderen ebenso zwangsläufig arm. Eine Ungleichheit, die über das Geld organisiert und gesteuert wird. Und die systemische Unehrlichkeit besteht darin, diese Ungleichheit dauerhaft zu sichern und ihre Existenz gleichzeitig zu ignorieren oder zu leugnen."

Hm, sie konnte sich diesem Gedanken nicht entziehen. Ja, gestand sie zu, im Geld stecke nicht wenig Ungerechtigkeit. Das hänge wohl mit der Natur vieler moralisch zweifelhafter Deals zusammen, auf deren Basis Geld gemacht werde. Aber das Geld als solches als durch und durch unrechtes Gut zu betrachten. Ob das nicht arg überzogen sei?

Nein, auf diese Spitze wolle er die Sache nicht treiben. Allein schon deshalb nicht, weil es nicht wenige ehrliche Leute gebe, die ehrlich ihr Geld verdienen und es auch für vertretbare Zwecke ausgeben. Diese Menschen könne man in der Tat nicht der Unehrlichkeit bezichtigen, obwohl er manche Grenzüberschreitungen sehe. Sie beide gingen doch recht vernünftig mit ihrem Geld um. Aber sie kenne auch andere in ihren Kreisen, die keine geringen Summen beispielsweise in teuren Hobbys förmlich verballern.

Nun ja, das sei in der Tat der Luxus. Und sie beide hätten mit Luxus und seinen Gütern nicht so viel am Hut.

Und dennoch stecke der Luxus im Geld. Irgendwoher müsse doch das Geld kommen, um zu luxuriösen Zwecken verwendet zu werden.

Ja, stimmte sie zu, sie gönnten sich einen vertretbaren Wohlstand, ohne Übertreibung.

Und trotzdem, ließ er nicht locker, werden riesige Summen – wie solle man das nennen? – verbraten? Aber es sei nicht nur der Luxus. Die astronomischen Rüstungsausgaben weltweit, das sei doch irre.

Na ja, wenn die Staaten nicht zusammenarbeiten wollen, sondern feindselige Politik betreiben, was bleibe da am Ende übrig?

Er versuchte die Schärfe herauszunehmen und erwiderte, dass sie selbst ja wohl nichts am Geld ändern könnten. Aber er sei dabei, seinen guten Glauben, seine Unbefangenheit zu verlieren. Und er habe keine Lust, diesen Glaubensverlust durch Zynismus zu kompensieren. Ob sie ihn verstehe?

Ja, sie könne seine Gedanken verstehen, sie seien nicht von der Hand zu weisen. Und es sei viel Wahres dran. Aber was könne das für sie persönlich bedeuten? Sie seien in ganz normalen Unternehmen tätig, die Geschäfte seien nicht korrupt und schon gar nicht kriminell – na ja, mal abgesehen von kleinen Schattenseiten. Selbst wenn der ganz große Finanzrahmen, in dem sie operierten, bedenklich sei (was sie gar nicht abstreiten möchte), so sei es doch möglich, auch ehrliches Geld zu machen. Oder wolle er das in Zweifel ziehen?

Nein, er meine bloß, dass es vielleicht vorbei sei mit dem blinden, naiven Vertrauen in das gesunde Funktionieren unseres Geldes.

In welche Richtungen sich denn sein Argwohn bewege?

Er dachte einen Moment nach und entgegnete: „Mich plagt seit einiger Zeit der Gedanke, dass unsere Ehrlichkeit systemisch missbraucht wird. Wir sind ehrlich und dienen zugleich einer großen unehrlichen Sache. Die ehrlich Arbeitenden werden als nützliche Idioten missbraucht."

Seine Freundin schaute ihn besorgt an. Wie kam er dazu, sich einen solchen Kopf zu machen und über Sphären zu urteilen, in die sie doch gar keinen wirklichen Einblick hatten.

„Glaubst du etwa an diese angebliche Verschwörung der Hochfinanz gegen die Menschheit? An dieses sattsam bekannte Bilderberger-Narrativ, das in bestimmten Kreisen zirkuliert?"

„Nein, natürlich nicht. Das ist doch Unsinn, jedenfalls zum gegenwärtigen Zeitpunkt." Er glaube, dass die Unehrlichkeit bei jedem Einzelnen selbst ihren Ursprung habe. Jeder spiele (sofern er nicht wirklich zynisch sei) sehr ehrlich mit seiner eigenen Unehrlichkeit Verstecken. Man könne das mit dem Sündensystem der katholischen Kirche vergleichen. Die Sünder bereuen ehrlich und bilden sich ein, dass sie sich dadurch von ihren Sünden befreit haben. Dabei sündigen sie immer weiter. Eine interessante Schleife sei dies. Offenbar funktioniere sie sehr elegant.

„Ja, aber ist es nicht menschlich gesehen besser so?", entgegnete die Freundin. „Der Mensch ist nun mal schwach und sündhaft. Soll er deswegen ständig in Sack und Asche gehen?"

„Nein, aber die Menschen hatten wenigstens eine Vorstellung von Sündhaftigkeit, ob sie richtig oder falsch war, lasse ich mal dahingestellt. Der heutige Mensch hingegen hat keine Vorstellung von seiner Unehrlichkeit, von seiner Heuchelei usw."

Ach, und wie er denn selbst geheuchelt habe, bis er drauf gekommen sei, dass er heuchle, ohne es zu wissen?

Ja, das sei das Ungeheuerliche. Er sei allen Ernstes der Überzeugung gewesen, von Heuchelei frei gewesen zu sein und in vollkommen transparenten Rahmenbedingungen zu leben, in einem heuchelfreien System. Er könne es selbst nicht begreifen, wie er so ungeheuer systemgläubig habe sein können, dass er die Dimension der vorhandenen und erfolgreich geleugneten Heuchelei ignorieren oder zumindest verharmlosen konnte – in sich selbst und bei den anderen. Und nicht nur in den Menschen, nein, in allen Organisationsformen, mit denen sie sich umgeben und die Gesellschaft gestalten. Er müsse lange die Selbstdarstellung des Systems für bare Münze genommen haben.

„Also, wir leugnen und sind überzeugt, dass wir nichts leugnen. Da wir aber spüren, dass wir etwas leugnen, arbeiten wir unermüdlich daran, das Geleugnete nicht ans Licht kommen zu lassen. Ist es das, was dir vorschwebt?"

„Das ist nicht schlecht formuliert, ja, das ist vielleicht der Kern des Problems." Es sei aber nicht unbedingt eine besondere persönliche Heuchelei, sondern eher ein allgemeines Mitheucheln, ein Mitheucheltum, so wie man von Mitläufertum spreche. Ja, die meisten seien Mitläufer beim allgemeinen gesellschaftlichen Heucheln, das ihnen als ganz normal schmackhaft gemacht worden sei. Sie hätten arglos, vielleicht auch naiv zugegriffen und jetzt hätten sie halt diesen Geschmack angenommen. Und er formulierte seinen Befund: „Wir haben uns darin eingerichtet, die passt uns wie eine zweite Haut."

„Hm, wozu soll denn solch ein verlogenes Verhalten gut sein?", fragte seine Freundin. „Wozu so ein gewaltiger Aufwand?" Das sei doch eine riesige kollektive Lebenslüge, wenn man seinen Gedanken weiterverfolge.

Ja, jetzt werde die Sache halt politisch. Am Anfang (nach dem letzten Weltkrieg) war die Lüge vielleicht noch klein und wenig einflussreich. Es war die Zeit des Wiederaufbaus und dann des Wirtschaftswunders. Und da gab es doch so einen dicken Wirtschaftsprofessor mit Zigarre, der dann Bundeskanzler wurde.

„Du meinst Ludwig Erhard?"

„Ja, der hatte doch diesen tollen Spruch drauf ‚Wohlstand für alle'. Der hat den so glaubhaft vertreten, dass die Leute die Überzeugung gewinnen mussten, dass er selbst daran glaubte. Und er war doch auch ein Fachmann. Die freie und soziale Marktwirtschaft galt doch als Mutter aller Redlichkeit und Treu und Glauben. Aber dann wurde sie gefüttert und ist gewachsen, wurde zur kollektiven Lebenslüge und wir machen mit ihr Politik – und zwar recht erfolgreich."

„Und was muss deiner Meinung nach unter dem Teppich gehalten werden?"

„Beispielsweise die als Wahrheit ausgegebene Lüge, dass jeder prinzipiell eine Chance hat, zu den Gewinnern unserer kollektiven Veranstaltung zu gehören."

Das verstehe sie nicht. Warum sei das eine Lüge? Es gebe doch die theoretische Chance für jeden.

Ja, ja, das sei wie die Sache mit dem Marschallstab, den jeder Soldat angeblich im Tornister habe oder die Sache mit den Lottozahlen, wo jeder jede Woche theoretisch sechs Richtige auf seinem Tippschein habe. Das seien wahrscheinlichkeitstheoretische Schönredereien ohne Realitätsbezug. Und ziemlich perfide werde diese Behauptung noch mit dem Satz ergänzt: Wer nicht erfolgreich ist, sei selber schuld.

Passend dazu auch der Satz von den Verlierern. Verlierer seien grundsätzlich selbst schuld, weil der Erfolg eben ein Geschicklichkeitsspiel sei und die Ungeschickten auf die Verliererseite schicke. Da sei die vom System geforderte Auslese, die den Bestand und den Fortschritt des Systems sichere. Tja, und dann säßen die Minderperformer eben in der Verliererecke und müssten halt schauen, wie sie wieder herauskämen – durch mehr Geschick, durch größere Anstrengung. Aber die Gesellschaft sei doch großzügig und mache immer wieder (Schein-)Angebote.

Es laufe also alles bestens. Komischerweise werde die Verliererecke immer größer, dort knubbeln sich die Leute. Die Gesellschaft wiederum unterstelle diesen Menschen Böswilligkeit, bezichtige die Menschen, Leistungsverweigerer zu sein oder sich gemütlich in der vermeintlichen „sozialen Hängematte" einzurichten.

Seine Freundin wusste nicht, ob er ernst redete oder sich vielleicht einen Spaß machte. „Wenn man dir so zuhört, sollte man meinen, die Gesellschaft ist bodenlos schlecht und gemein."

„Nein", sagte er, „sie ist nicht schlimmer als jede andere. Nur haben ihre Lügengebilde wieder einen Grad der Überreife erreicht und stinken langsam zum Himmel. Sie produziert systemisch eiskalt menschliches Elend, leugnet dies und instrumentalisiert dieses Elend zum eigenen Erhalt. Letzteres finde ich besonders verwerflich. Kurz: unser ehrlich verdienter Wohlstand hat nur deshalb Bestand, weil ein bestimmter Prozentsatz der Menschen über ein subtiles System in die Verelendung ausgesteuert wird."

„Du meinst ernsthaft, all diese Arbeitslosen, Sozialhilfeempfänger, an der Armutsgrenze Vegetierenden oder Unterbezahlten usw. sind gewollt?"

„Grundsätzlich verhält es sich so. Es ist nicht anders vorstellbar. Und ich bin wirklich nicht glücklich dabei, auf diese Einsicht geraten zu sein."

„Das kann man wohl sagen, das ist menschenverachtender Zynismus."

„Nun ja, sehr gedämpft und bis zur Unkenntlichkeit weichgespült und geschönt durch tausend gute politische Erklärungen. Ich glaube, wir haben uns unsere Politiker angeschafft, um uns unsere Lügen als hübsche Narrative aufzutischen, die wir gierig schlucken. Das scheint uns zu beruhigen und uns die notwendige Selbst-Sicherheit zu geben. Schau mal, folgende einfache Überlegung: Wir häufen doch immer mehr Reichtümer an, ich meine, unsere Ökonomie ist doch die reinste Geldmaschine, das ist langsam schon unheimlich. Aber gleichzeitig schreitet die Verelendung voran, schleichend, zugleich unter allgemeiner Zustimmung lebhaft geleugnet und vertuscht. Was könnte uns dieser Prozess sagen?"

„Schwer zu sagen. Jedenfalls gesund ist der nicht. Da muss ich dir recht geben."

„Ich fürchte, wir haben uns eine grundsätzlich gespaltene Gesellschaft geschaffen und kultivieren sie bis zum Erbrechen oder Zerbrechen. Entweder wird sie uns eines Tages anekeln oder ihre Trümmer werden uns um die Ohren fliegen."

Die junge Frau spürte, dass ihn ein echtes Unbehagen ergriffen hatte. Vielleicht war er auch zu intelligent und zu sensibel, hatte einfach zu viel von all den verdeckten und doch wirkenden Zuständen und Verhältnissen aufgenommen. Ein großes Unwohlsein musste sich in ihm aufgebaut haben.

Er hatte keine Angst vor Unglück und Armut, Dinge, die von Anbeginn in der Welt waren und mit denen man sich auseinandersetzen musste. Nein, hier beschlich ihn das Grauen vor einem auf Lüge und Heuchelei basierendem Elend, vor einer monströsen Realität, die sich jedem Zugriff mit fast diabolischer Geschicklichkeit entzog. Sie war einfach nicht zu packen. Eher würde es gelingen, einen Pudding an die Wand zu nageln.

Ob er nun wahr redete und recht hatte oder nicht, darüber wollte sie sich kein Urteil erlauben. Aber sie verstand, dass ihm da Dinge am Herzen lagen – und das respektierte sie.

„Ja", versuchte sie, die Dinge auf ein paar Allgemeinplätze zu verschieben, um ihnen ein wenig die gedankliche Schärfe zu nehmen, „das Problem der Gerechtigkeit ist so alt wie die Menschheit. Vielleicht solltest du dich nicht auf all die Ungerechtigkeiten – die sichtbaren und die geschickt getarnten – stürzen wie auf ein rotes Tuch. Davon wird doch nichts besser, aber du nimmst all diese plagenden Vorstellungen auf dich und wirst sie nicht mehr los. Ob das denn sinnvoll ist?"

Er verstand ihren Wink und nahm sich etwas zurück. „Du hast ja recht. Das Thema der heutigen systemischen Ungerechtigkeit ist vielleicht wirklich zu groß, und wer sie frontal angeht, hat keine Chance und kann sich nur eine blutige Nase holen. Es reicht, wenn man nicht ganz abstumpft und das Gespür für unrechte Zustände nicht verliert, gerade dann, wenn sie ganz offenkundig den Menschen als normal verkauft oder perfide verharmlost werden."

Ja, in diesem Punkt habe sie ihn schon verstanden. Sie gebe zu, dass sie sich auch gern einlullen lasse, weil es so praktisch und bequem sei. Die Politiker, die Medien erzählen dem Bürger etwas vor und der nickt bestätigend und findet alles in Ordnung, obwohl die Dinge eben nicht in Ordnung sind.

Das sei wohl wahr, aber er wolle den einen skandalösen Punkt nicht loslassen: Es würden sehr bewusst immer neue, systemerhaltende Ungerechtigkeiten erfunden und eingespeist, damit die großen notwendigen Gleichgewichte auch ja schön erhalten blieben. Und er fügte hinzu: „Wir haben vielleicht in unserer Selbstgerechtigkeit eine rote Linie überschritten. Wir organisieren Unrecht und leugnen unser Treiben mit aller Macht. Das lässt gefährlichen Sprengstoff entstehen."

„Und am Ende fehlt nur noch eine Lunte? Ist es das, was du verfürchtest?"

„Ja, kann man wohl sagen. Was wir so alles unter dem Begriff der wachsenden sozialen Ungleichheiten zusammenfassen, ist eigentlich systemisch bewirtschaftete Ungerechtigkeit, die ihren Namen nicht sagt und sich immer höher schaukelt."

„Und warum lassen sich die Menschen darauf ein?"

„Die einen sind recht zufrieden mit den herrschenden Zuständen, weil sie davon profitieren."

„Und die anderen, die ‚Verlierer'? Warum lehnen sie sich nicht auf?"

„Ja, diese Frage habe ich mir auch schon oft gestellt. Und eine rechte Antwort habe ich nicht gefunden. Ich habe nur eine Befürchtung."

„Und die wäre?"

„Wir sind überfordert von den Zuständen, die wir selbst heraufbeschworen haben."

„Du meinst, wir sind Zauberlehrlinge unserer selbst geworden? Das hieße doch, dass derzeit niemand mehr in der Lage ist, einen klaren Blick auf alles Geschehen zu werfen. Wir kommen an unsere Wirklichkeit, die wir entfesselt haben, nicht mehr ran?"

„Ja, so könnte es sein. Nicht einmal die aktuellen Gewinner wissen, was wirklich los ist."

„Sie wissen gar nicht, warum sie Gewinner sind – und die anderen Verlierer? Und umgekehrt?"

„Ja, offenbar wissen sie nur, dass sie besser dran sind, und sind felsenfest davon überzeugt, dass ihr Gedeihen gerecht ist und nichts mit dem Elend der anderen zu tun hat, sondern ausschließlich mit ihrer persönlichen Leistung."

„Was? Du glaubst, dass niemand mehr in der Lage ist, die Klassiker unter den sozialen Zusammenhängen wie beispielsweise arm / reich zu erkennen?"

„Man will sie nicht mehr erkennen, man hat sie in einem Diskursbrei verrührt, sodass niemand mehr in der Lage ist, sie in ihrer realen Schärfe zu formulieren. Offenbar wird alles unternommen, um diese Gegensätze als beherrscht und somit grundsätzlich als überwunden auszugeben. Wir haben alles unter Kontrolle, auch diesen fundamentalen Gegensatz mitsamt sozialem und politischem Konfliktpotenzial. Und wer erklärt, dass diese Konflikte real sind, aus dem Ruder laufen und verheerende Auswirkungen besitzen, dem hört man nicht zu oder man macht ihn madig."

„Das hört sich fast diabolisch an."

„Ja, vielleicht leben wir wirklich in einer diabolischen Zeit des selbst verschuldeten Teufelskreises. Die Menschen fügen sich ungerührt immenses Leid zu. Mörderisches Geschehen, ob staatlich organisiert oder von mafiösen Vereinigungen, wird zur Kenntnis genommen wie der Wetterbericht für die innere Mongolei – teilnahmslos oder mit kindischen Ritualen der Anteilnahme, die niemand empfinden kann, weil es dafür gar kein wirkmächtiges Bewusstsein mehr gibt. Eine Dauerschleife der Unmenschlichkeit."

„Die Menschen sind abgestumpft? Sie lassen die Realität über sich ergehen?"

„Ja, ich glaube, das muss man so sehen, leider. Aber es sind nicht nur die sogenannten einfachen Menschen, die man von früh bis spät mit getürkten Diskursen manipuliert und denen man das kritische Denken abgewöhnt hat, nein, ich fürchte, dass selbst unsere Intellektuellen größte Orientierungsschwierigkeiten haben oder resignieren."

„Woran liegt es? Diese Leute sind doch resistenter gegenüber ideologischen Diskursen. Sie haben doch noch kritisches Denken drauf."

„Natürlich, aber was nutzt das beste kritische Denken, wenn es in der Realität auf keine kritische Masse der Erwartung und Hoffnung trifft? Erinnerst du dich an die revolutionären Überlegungen der alten Marxisten? Da war immer die Rede von vorrevolutionären Phasen. Das war die kritische gesellschaftliche Masse, die nach kritischen Diskursen verlangte und sie auch bekam. Aber heute? Siehst du was?"

„Nein, uns geht es gut."

„Ja, erstaunlich. Es geht zwar vielen überhaupt nicht gut, aber das interessiert nicht oder man heuchelt Interesse und Anteilnahme. Getan wird jedoch nichts oder es gibt ein paar Krümel. Und der ehrlich arbeitende Mensch ist – ohne dass ihm das überhaupt schon bewusst geworden ist – der beste Schutzschild der Unehrlichkeit. Hinter dem breiten Rücken der Ehrlichen verstecken sich all diese Akteure der sozialen Perversion, all diese Sumpfblüten bis in die höchsten gesellschaftlichen Ränge und behaupten, dass ihre intelligenten Machenschaften die Wege der Zukunft bereiten."

„Das ist wohl wahr. Unsereiner kommt nicht aus seiner ehrlichen Haut raus."

„Und das wissen diese Leute nur allzu gut. Auf die Ehrlichen ist Verlass. Die sind geduldig und friedfertig, wiegeln niemanden auf, zetteln keine Unruhen an. Die sind so beseelt davon, Unrechtes zu vermeiden. Ihr großer Fetisch ist der soziale Frieden, d. h. ihre eigene Ruhe. Und niemand weiß, wen und was sie im Ernstfall bereit sind, diesem Frieden zu opfern. Denn sie kennen nur den Frieden, den die Macht gewährt. Wenn eine Willkürmacht Frieden verspricht, so werden sie den auch akzeptieren. Das ist die geistige Grenze vieler eigentlich Ehrlicher. Sie sind inkonsequent, und am Haken dieser Inkonsequenz hängt die Macht sie auf."

„Sind wir wieder staatsergebene Lämmer?"

„Wir lassen uns am Ring unserer Korrektheit in der Nase durch die Arena ziehen. Weißt du, manchmal macht es keinen Spaß mehr. Ein Gefühl der Resignation, ja des Ekels. Man arbeitet, schuftet, versucht, Positives in die Welt zu setzen, und schon wird alles, was man tut, pervertiert und vor irgendwelche üblen Karren gespannt. Manchmal fühlt man sich schon vergewaltigt. Man muss wirklich schauen, dass man wieder die Motivation aufbaut, und sich einreden, dass ehrliche Arbeit weiterhin benötigt wird, und sei es nur, um Schlimmes zu verhüten. Aber machen wir jetzt wirklich Schluss mit diesem Thema. Es geht nicht mehr fort und wird uns noch oft beschäftigen, leider."

Es war dunkel geworden. Die junge Frau schaltete die sanfte Abendbeleuchtung ein, eine Tischleuchte, einige Spots, die den Wohnraum indirekt beleuchteten. Es war gemütlich bei ihr und er mochte ihre Wohnung. Alles war angenehm stimmig und harmonisch, Lage, Zuschnitt, Einrichtung und Dekoration.

„Du hast dir ein kleines Wohn-Gesamtkunstwerk geschaffen, meine Liebe", sagte er und ließ seinen Blick, wie unzählige Male zuvor, angenehm berührt durch den großen Raum schweifen. Und sie erwiderte, wie unter dem Eindruck ihres doch recht trübsinnigen Gesprächs, dass dies vielleicht ihre Antwort sei auf das allgegenwärtige Elend.

Er stutzte einen Augenblick, bedachte ihre Worte und entgegnete: „Du bist schön, weil du eine schöne Seele hast. Aber du hast dich nicht in irgendwelche ästhetischen Sphären davongemacht, um dich vor der schnöden Realität zu drücken. Du legst den Sumpf des Hässlichen trocken und schaffst etwas Schönes. Weißt du noch, in welchem Zustand diese Dachwohnung damals war, als du sie gekauft hattest?"

„Oh weh, ich war mehrmals der Verzweiflung nahe und hatte mir schon vorgeworfen, den größten Fehlkauf meines Lebens getan zu haben."

„Und dann hast du es doch geschafft, diese Wohnwüste urbar und bewohnbar gemacht – und nicht nur das. Du hast es richtig schön hinbekommen. Ein kleines Kunstwerk aus simpler Funktionalität und Wohnlichkeit. Trotzdem mache ich mich jetzt auf den Weg."

„Schon?"

„Na ja, morgen wird es wieder fürchterlich ungemütlich zugehen in der Firma und ich muss früh raus."

„Ach, du bist auch so ein rastloser Geist. Kannst du eigentlich nicht abschalten?"

„Du weißt ja, ohne deine Hilfe schaffe ich das nie."

„Und wenn ich dir ‚helfen' will, dann bist du schon wieder weg."

„Du hättest Seefahrerbraut werden sollen."

„Will ich aber nicht sein."

„Sei nicht undankbar. So schlecht meint es dein Leben nicht mit dir."

„Immer wieder haust du ab. Eines Tages werden sie dich in einer Schubkarre bringen und mir vor die Tür kippen."

„Abwarten, ich gehöre zu den Katzenartigen und lande immer auf allen vieren."

„Aber lande mir nicht als Bettvorleger bei einer anderen Frau."

„Nein, versprochen und gute Nacht."

Mysteriöses Ende einer Literatin

Als sich die Schriftstellerin auf der Intensivstation eines römischen Krankenhauses ihrem Exitus näherte, hatte sie ihre Geschichten mit letalem Ausgang hinter sich gelassen und ihr Körper befand sich im Zustand eines Wracks, das nicht einmal mehr darauf wartete, unterzugehen.

In der Nacht zuvor war sie in ihrem Bett erschöpft in den Schlaf gesunken und die glühende Kippe ihrer letzten Zigarette war dummerweise nicht im Aschenbecher gelandet, sondern irgendwo um sie her und hatte einen Schwelbrand entfacht. Nachbarn wurden aufmerksam und man rettete die hilflose Frau im letzten Augenblick aus ihrer verrauchten Wohnung. Die Ärzte bemerkten nicht, dass mit dieser Frau etwas nicht stimmte und sie auf Entzug war. Sie befand sich im Zustand tiefer Bewusstlosigkeit, aus der sie nicht mehr erwachen sollte. Ein Wesen, dem die Gnade als Unglück zuteilgeworden war, Grenzen der Sprache zu verschieben und neu gewonnene Räume lebbar, zumindest denkbar zu machen, war wieder im Nichts versunken, in armselige Leibesfetzen gehüllt wie der letzte Bettler.

***

„Alle Höhenflüge und Abstiege in die Tiefen des Seins – warum wurde mir mein Leben zu meinen Lebzeiten nicht zurückgegeben? Es floh vor mir her, je tiefer ich in seine Daseinsfasern vordrang und es weben sah – da war eine Fülle von Bewegungen wie ein ungeheurer Tanz, so schön. Und wenn ich es morgen verliere – wie kann ich verlieren, was ich nie besessen habe? Oder doch, ich glaubte, es in schönen Momenten geherzt zu haben wie ein wunderbares Kind."

„Du hieltest die reine Energie der Poesie in deinen Händen. Hattest dir dein Leben zurückgegeben bis in die höchste Stufe des Selbstseins. Du hattest dich selbst durchdrungen und gesagt: Hier bin ich. Ich bin, die ich bin. Ein jeder tut diesen elementaren Satz in das eigene Leben – das dem Mutterleib mit einem Schrei entrinnende Kind. Doch nur wenige gehen diesem Schrei nach, wie du es getan hast. Und so verwandelte sich dein Selbstsein in eine Sphäre lebendiger Einsamkeit und Sehnsucht. Du hättest fast die vertraute Galaxis der Menschen verlassen, hattest zu viel Sternenstaub geatmet und den Straßenstaub missachtet."

„Ich verlor den Faden in den Straßen und Gassen des menschlichen Lebens und alle meine Wege führten mich in den Hafen. Doch kein Schiff wollte anlegen und mit mir in See stechen – auf neuen Wegen. Ach, wäre ich doch wahnsinnig geworden, mit einem Mal dem Bewusstsein entkommen, mit seiner stumpfen, unstillbaren Trauer, den leeren Augen und den gequälten Ohren. Statt Glockenklang nur stupides Bimbam. Finsternis deckte die leuchtenden Perseiden der warmen Sommernacht zu."

„Du hast des Lebens Intensität über alle Maßen geliebt und ihr in dir Raum gegeben. Aber das Leben ist ein unendlich vorwärts stürmendes Kind. Niemand kann mit ihm Schritt halten. Du hast es versucht und die Gnade des Altwerdens verloren, jenes Intervall, das dem Menschen sanftes Erlöschen seiner Sehnsucht schenkt. Und doch soll dich niemand tadeln.

Du hast dem menschlichen Bewusstsein neue Räume gewiesen und sie mit deinem Wort glaubhaft gefüllt."

***

„Herr Pfarrer, Herr Pfarrer!" Aufgeregt war der Messner, zu dessen Obliegenheiten auch die Pflege des Friedhofs und der Kapelle gehörte, dem Pfarrer entgegengelaufen, der gerade das Widum verließ, um seinen gewohnten Gang durch die Wiesen und Flussauen zu unternehmen und sein Brevier zu beten.

„Ja, Reinhard, was gibt's denn?", fragte der Geistliche verwundert, „ist was passiert?"

„Ja, wia man's nimmt. Kommen S', Herr Pfarrer, i muaß eana eppas Seltsames zeiga." Und fast zog er den Pfarrer am Ärmel, um seine Schritte zu beschleunigen. „Hier, in der Kapelle, der Totentanz, vorhin håb i ihn wieder amål ågschaut – mir gefalla die Szenen der Vergänglichkeit -, da siach i, dass der Künstler weg isch."

„Wie, der Künstler weg ist? Red deutlicher!"

„Ja, das dritte Motiv, glei hinterm Papst und dem König …"

„Ja, da kommt die Figur des Malers."

„Die isch nimma do. Und an der Stell huckt da a Poetin, schreibt eppas, und der Tod schaugt ihr über die Schulter."

„Na, na, iatz schau i glei amål selbst."

Und der Pfarrer eilte in die Kapelle. Seine Augen mussten sich an das Halbdunkel im Innern gewöhnen, dann fanden sie die Tafel mit dem unbekannten Bild, das sich im Stil nicht vom Original unterschied. Sein Blick wanderte hinunter zu den Versen:

Poetin:
Nur das eine Wort, ich bitte dich,
lass retten mich auf ewiglich
Todt:
Dem Leib das Wort entreiß`
So lautet mein Geheiß

Noch während der Priester die Szene betrachtete und er nach dem Sinn der Verse zu suchen begann, hatte er schon verstanden, dass etwas Rätselhaftes geschehen war. Bis zur Vorstellung eines Wunders mochte er sich nicht versteigen. Er rieb sich die Augen und rückte den Kopf ganz nah heran an dieses Motiv, das aus dem Nichts in die Tafelreihe geraten war. Sein Blick glitt über die Details des Bildes und er fuhr mit den Fingerkuppen vorsichtig über die Bildoberfläche. Schließlich flüsterte er: „Nahtlos, als hätte sich nie etwas Anderes an diesem Platz befunden."

Reinhard war hinter ihm aufgetaucht, blickte dem Pfarrer stumm über die Schulter und fragte schließlich leise: „Verstehen Sie was?"

„Nein", entgegnete dieser, „ich verstehe ganz und gar nichts. Ich bin zwar kein Kunstexperte, aber dieses Motiv ist perfekt im Stil aller anderen. Und ich glaube nicht, dass jemand die kompletten Wandtafeln ausgetauscht hat. Wie aber ist dieses Bild in die Tafelreihe hineingeraten? Rätsel über Rätsel. Ich möchte dich etwas fragen, Reinhard. Stört dich das Bild?"

„Na, überhaupts nit. Der Maler do mit seinem Lorbeerkranz håt mir nie gfallt."

„Und die Worte? Verstehst du da was?"

Reinhard kratzte sich am kahlen Schädel. „I woas it, i moan, des Wort isch wia Kind in höchster Gfahr."

„Ja", ermutigte ihn der Pfarrer, „und was glaubst du? Ist dieses Kind-Wort schon geboren oder nicht?"

„I gloub, es isch ungeborn."

„Ja, so könnte man's verstehen. Und wenn wir jetzt mal davon ausgehen, dass der Tod die Poetin holt …"

„… dann muaß sie bei der Geburt des Kind-Wortes sterba?", setzte Reinhard den Gedanken fragend fort und war selbst ganz verwirrt vom Sinn, den er gebildet hatte.

„Ja, sie wird bei der Geburt des Kind-Wortes sterben", bestätigte der Pfarrer mit ruhiger Stimme, „genauer gesagt, sie wird durch die Geburt dieses Wortes sterben. Das Leben dieses Wortes ist der Gegenwert ihres Todes."

„Herr Pfarrer, iatz versteh i nix mehr", jammerte der Messner.

Der Pfarrer wechselte seinerseits in die Mundart, um seinen Messner zu beruhigen: „Ja, wårt a bissele, lass mi nachdenka. Des håt ois an groaßen Tiafgang. I muaß erscht mei Runde macha. Und red nit von der Gschicht. Vielleicht werd sich dia Sach no aufklära."

Daran glaubte er allerdings ebenso wenig wie sein Messner. Sie vereinbarten Stillschweigen.

„Und noch etwas möchte ich dir sagen, Reinhard", fügte der Pfarrer mit Bestimmtheit hinzu, „egal, wer oder was dahintersteckt und ob wir's je erfahren werden oder nit, der Teufel ist es nit."

„Nana, des håt koa Teufel gmålt und gschrieba", stimmte der Messner zu.

Der Pfarrer bat ihn, einige Fotos der ungewöhnlichen Tafel zu machen und sie auf dem Dienstrechner im Pfarrbüro zu speichern. „Werd gemächt, Herr Pfarrer, i werd sie auf dem Desktop lega in einem Ordner. Wia soll i den nenna? Totentanz?"

„Ist schon recht. Die Bilder vom originalen Totentanz haben wir ja archiviert."

„Ja, wohl."

Die beiden trennten sich. Reinhard machte sich daran, mit seiner Smartphone-Kamera das neue Motiv aufzunehmen und der Pfarrer wandelte zum Dorf hinaus durch die Felder Richtung Fluss. Sein Nachdenken begann er mit einem halb gespielten, halb ernsten Vorwurf an den lieben Gott: „Nicht einmal unseren Friedhof möchtest du in Ruhe lassen, Herr? Was mach' ich jetzt? Bald wird das Gerede im Dorf anfangen. Was sag' ich meiner Gemeinde? Ich muss die Sache dem Bischof melden. Was sag' ich meinem Bischof? Jetzt fehlt nur noch, dass die Jungfrau sich einmischt und der alten Zita etwas flüstert. Die bringt's fertig und verwandelt unser Dorf in ein zweites Medjugorje."

Zita besaß bedenkliche mystische Neigungen, die er ihr auch in manch ernstem Beichtgespräch nicht hatte ausreden können. Wenn die Wind von der Geschichte bekommt … nicht auszudenken. Schließlich entschloss er sich zu folgender Vorgehensweise: Eine genaue Beschreibung des Vorfalls und der Umstände, also die ganze Sache protokollieren. Dieses Protokoll mitsamt den Bildern per E-Mail dem Bischof schicken, mit der Bitte, doch einen Experten ausfindig zu machen, der die Tafel in der Kapelle untersuchen möge. Die Gemeinde werde er am nächsten Sonntag in der Predigt informieren und auch seine Maßnahme (Meldung an den Bischof und Bitte um Untersuchung) mitteilen. Er würde alle auffordern, sich mit Mutmaßungen und Spekulationen zurückzuhalten. Experten müssten der Sache nachgehen und ihr Urteil abgeben. Damit, so glaubte er, habe er erst einmal angemessen auf die Angelegenheit reagiert. Keine voreiligen Schlüsse, keine Übernatürlichkeit herbeireden, erst einmal die Fakten sichern.

Und bei sich, im tiefsten Winkel seines Bewusstseins betete er: „Herr, lass mich eine Ausrede für dein wundersames Walten und den Schein einer Erklärung finden, die den Verstand zufriedenstellt, anstatt ihn zu verwirren oder gar in Wut zu versetzen."

Denn auf welchem Weg auch immer Bild und Worte in seine unscheinbare Friedhofskapelle gekommen waren – ob durch Gottes Hand oder die Hand eines Menschen – nun waren sie da.

Freilich war die Rede von Leben und Tod, insofern war der – wenn auch ungewöhnliche – Rahmen passend gewählt. Warum gerade der Totentanz seiner Gemeinde? Wegen der Figur des Künstlers? Reinhard hatte richtig bemerkt, wenn auch in geringschätzigen Worten, dass dieser Maler in romantischen Ruhmes-Stereotypen befangen war. Aber gut, von diesem Wahn hat der Tod ihn ja dann mit seiner ironischen Replik befreit – und jeder kann es nachlesen, wenn er denn will und versteht.

Oder war sie vielleicht gar nicht ironisch? Aber egal. Die Figur der Poetin und der Dialog, die wundersam auf dem Friedhof aufgetaucht waren, deuteten auf ganz andere geistige Horizonte und Dramen. Ein unbekannter Zusammenhang von Fleisch und Wort. Aber nicht das fleischgewordene Wort, sondern das dem Fleisch entrissene Wort. Und dennoch keine Folter. Das sich dem Fleisch entreißende Wort? Das sich dem Fleisch abringende Wort? Das aus dem Fleisch geborene Wort? Ein menschliches Ant-Wort? Eine Replik? Und das in der Verbindung mit dem Schicksal einer Frau, die als Poetin dargestellt wird. Eine Dichterin, deren Tod der Preis war, den sie für ihre Worte bezahlen musste? Unbehagen stieg im Pfarrer empor und er ließ von seinen Gedanken ab, als fürchtete er, von ihnen auf ungeheuerliche Überlegungen geführt zu werden.

***

Unterdessen war die weitverzweigte Schriftsteller- und Kulturmedien-Community der Verstorbenen in großer Aufregung. Ein Schriftstellerkollege mondialer Bedeutung und brillanter Geist tat einen tiefen Griff in die Kiste der Superlative und bescheinigte der Verstorbenen intellektuelle Brillanz. In den Medien der Gebildeten und solcher, die sich dazu zählten, wurde sie in hohen, bisweilen gar höchsten Tönen gewürdigt und es hieß: Friede ihrer einmaligen, dramatisch-schönen Seele. Die Kollegen bastelten an kollegialen und niveauvollen Bekundungen, die Verleger an verlegerischen Initiativen, Zeitschriften, Zeitungen, TV mussten informiert, Neuauflagen und Nachdrucke geplant werden. Die Kulturredaktionen formulierten angemessene Würdigungen, konsultierten Literaturkritiker, blätterten in den Texten der berühmten Autorin und in den Texten über ihre Texte. Es herrschte die große

Betriebsamkeit der professionellen Bescheidwisser. Und da man – im Gegensatz zum fernen Dorfpfarrer – keine verwirrenden Rätsel um zwei einfache Zweizeiler gefüllt mit ungewöhnlichen Bedeutungen in Betracht zu ziehen hatte, zog sich ganz normal eine dicke Diskursdecke über die Verstorbene und deckte sie warm zu wie der Sarg und die Erde den Leichnam.

So war ihre sterbliche Hülle noch nicht ganz erkaltet, als die Dichterin für die einen bereits in ihren Diskursen weiterlebte, während der Pfarrer recht sprachlos und von stummer Nachdenklichkeit geplagt war und gar nichts von der Dichterin wusste.

Nun, die Dichterin war wirklich und wahrhaftig tot und nicht der Verlegenheit ausgesetzt, sich diesen Aufruhr der Worte anzutun, die ihretwegen gemacht wurden. Es soll hier nicht darum gehen, die Anhäufung von Umstandsäußerungen kritisch zu examinieren. Wo gestorben wird, fallen bekanntermaßen Worte. Und wo bekannte Persönlichkeiten sterben, da fallen nicht nur persönliche Worte, sondern viele konventionelle, der gesellschaftlichen und kulturellen Bedeutung des Verstorbenen und seinem Werk angemessene Worte – so auch in den Wochen nach dem Ableben dieser bemerkenswerten Frau. Doch schnell erloschen die Scheinwerfer der Öffentlichkeit, flammten über neuen Ereignissen auf, um sie gebührend zu beleuchten.

Im Dorf bekam man nichts mit von diesem Geschehen, das sich in den fernen intellektuellen Sphären ereignete. Die Tote war kein Gegenstand der öffentlichen Dorfrede. Ebenso wenig waren den Dorfbewohnern die Netzwerke all jener Menschen bekannt, in denen die Schriftstellerin verkehrt hatte und die jetzt eifrig an Vita und Werk der Verstorbenen bastelten.

Zwischenzeitlich meldete sich der Bischof, d. h. sein Generalvikar, per Telefon. Und der Pfarrer gewann schnell den Eindruck, dass man deshalb die telefonische Kommunikation mit ihm gewählt hatte, um vorab zu prüfen, ob er noch richtig im Kopf sei. Immerhin wurde ihm im Gespräch ein Kunstsachverständiger in Aussicht gestellt, der sich bei Gelegenheit bei ihm melden würde. Außerdem wollte der Generalvikar genau wissen, wie er, der Pfarrer, diesen seltsamen Vorfall der Gemeinde vermittelt habe. Der Pfarrer konnte seinen Gesprächspartner beruhigen. Er habe klar und deutlich darum gebeten, das Urteil von Experten abzuwarten, und jegliche Mutmaßung – egal in welche Richtung – zu unterlassen. Man benötige keine Gerüchteküche. Offenbar habe die Gemeinde das auch so verstanden. Allerdings hätten sich doch viele diese sonderbare Tafel im Totentanz angeschaut, aber das sei wohl unvermeidlich gewesen. Er hätte die Tafeln ja schlecht zudecken können oder wegräumen. Wie hätte das denn auf die Leute gewirkt? Nein, in der Tat, stimmte der Generalvikar zu, er habe alles richtig gemacht. Die erste Phase der Überraschung sei wohl überstanden. Am besten sei es wohl, auf Zeit zu spielen. Nach und nach werden Ruhe und Normalität schon wieder einkehren und das Gras des Vergessens über die Sache wachsen. Womit der Generalvikar andeutete, dass er wohl nicht mit einer natürlichen Erklärung rechnete.

Eher beiläufig teilte er am Ende ihres Gesprächs dem Pfarrer mit, dass am Tag seiner seltsamen Entdeckung in Rom eine bekannte österreichische Dichterin unter tragischen Umständen elend gestorben sei. Das sei ein erstaunliches Zusammentreffen zweier Ereignisse.

Nein, davon habe er nichts mitbekommen, sagte der Pfarrer verwundert. Kein Wunder, entgegnete der Vikar, die Nachricht ging auch nur einmal kurz durch einige Medien. Die Autorin sei dem großen Publikum nahezu unbekannt. Der Generalvikar nannte den Namen der Frau, den der Pfarrer einmal in einem Zusammenhang, der ihm entfallen war, weil er ihm beiläufig erschien, gehört hatte. Dennoch verwunderte ihn die Gleichzeitigkeit der beiden Ereignisse und er beschloss, sich bei Gelegenheit mit dieser Schriftstellerin zu beschäftigen.

***

„Tja", der Kunstexperte verzog das Gesicht und schien die Worte zu suchen und zu sortieren, die er benutzen wollte. „Tja", es bereitete ihm größte Mühe, ein Wort über die Lippen zu bringen. „Ich stehe vor einem Rätsel." So, jetzt war der Satz heraus. Diese dritte Tafel scheint sich in keiner Weise von den übrigen zu unterscheiden. Die Schrift, der Malstil des Bildes und offenbar auch das Material. Hier allerdings müsste man noch eine Laboruntersuchung vornehmen. Hm, entweder handele es sich um eine geniale Fälschung oder unsere Wissenschaft sei mit ihrem Latein am Ende.

„Könnte jemand eventuell historische Materialien verwendet haben?", fragte der Pfarrer.

„Nicht auszuschließen", entgegnete der Experte, „aber gesetzt der Fall, die Materialprüfung ergibt einen derartigen Befund – es wäre unvorstellbar, dass jemand so genau Farben aus historischen Stoffen gewinnen und den Stil des Bildes imitieren könnte, wobei der Stil ja noch relativ einfach und sicher unproblematisch nachahmbar ist. Völlig auszuschließen wäre es natürlich nicht. Sie wissen ja, alles, was denkbar ist, ist prinzipiell auch machbar. Jedenfalls leben wir mit diesem Postulat."

„Nun", sagte der Pfarrer, „tun Sie alles, was die Wissenschaft tun kann, um dem Rätsel auf die Spur zu kommen. Denn, wenn man vielleicht noch das Bild als historisch ansehen könnte, der Text ist wohl ein Anachronismus. Der kann nicht aus jener Zeit, also aus der Mitte des 19. Jahrhunderts stammen."

„Sehen Sie, Hochwürden", erwiderte der Experte, „auch hier kann man keine völlige Sicherheit gewinnen. Die benutzten Worte sind alle zur damaligen Epoche bekannt. Es hat zu allen Zeiten sprachliche – wie soll ich sagen – gedankliche Ausreißer gegeben. Die Menschen haben vielleicht mit Wörtern und Sätzen experimentiert und sind auf ganz ungewöhnliche Formulierungen geraten, die sie selbst gar nicht mehr recht verstanden und wieder verworfen haben."

„Ja, aber was bleibt uns als Annahme übrig? Das Rätsel verengt sich doch auf ein Nadelöhr. Jemand müsste bei Nacht und Nebel das originale Bild entfernt und das neue eingesetzt haben. Das ist doch vollkommen unwahrscheinlich."

„Gewiss, aber vollkommen auszuschließen ist es eben nicht."

„Sie meinen also, dass eine natürliche Erklärung nicht auszuschließen ist", versuchte der Pfarrer die Äußerungen des Experten zu deuten.

„Genau das meine ich", entgegnete der Experte und schien erleichtert, dass der Pfarrer seine Ansicht nachvollziehen konnte, auch wenn diese wirklich nur am seidenen Faden

nicht auszuschließender, wenngleich äußerst unwahrschein-
licher Eventualitäten hing. Der Experte verabschiedete sich.
Man werde wieder voneinander hören. Und er werde sich darum bemühen, dass weitere Untersuchungen gemacht würden.

In der Tat wurden in der Folgezeit allerlei Untersuchungen
vorgenommen. Alles deutete darauf hin, dass das dritte Bild
keinerlei erkennbare Abweichung von den übrigen Bildern
der Tafel aufwies. Dieses Bild erweckte den Anschein, dass es
von Anbeginn originaler Bestandteil des Totentanzes war. Wie
es dazu gekommen sein könnte, blieb unerklärbar und galt
schließlich als ungelöstes Rätsel.

Die Menschen gewöhnten sich an die neue Tafel und die alte
Zita erhielt keinen Besuch von der Jungfrau. Mit der Zeit be-
achteten sie die Poetin, die den Platz des Künstlers eingenom-
men hatte, nicht anders, als Generationen vor ihnen die alte
Tafel beachtet hatten, nämlich kaum. Selbst der Hinweis auf
die alte Tafel wurde immer seltener und die Zahl derer, die die
alte Tafel mit dem ursprünglichen Bild noch gekannt hatten,
wurde kleiner, während die Zahl jener, die nur noch davon gehört hatten oder gar nichts mehr davon wussten, wuchs. Die
neue Tafel hatte sich vom Geheimnis ihres Ursprungs entfernt
– nicht anders als das Werk sich von seiner Urheberin entfernt
hatte oder vielmehr die Urheberin vom Werk.

***

In der Folgezeit ging der Pfarrer dem Hinweis des General-
vikars nach und beschäftigte sich mit jener Dichterin, die zeit-
gleich mit dem Auftauchen der Poetin des Totentanzes in Rom
zu Tode gekommen war. Er las ihre Lebensbeschreibung und

fand diese Frau bemerkenswert. Schon die wichtigsten äußeren Stationen zeigten ein kompliziertes Leben voller Spannungen. Manche Details waren erschreckend. Ihre Texte erwiesen sich als echte Herausforderung für sein Denken. Immerhin kam ihm seine Bibelkenntnis zu Hilfe und er bezeichnete die Schriften der Dichterin als eine Art „Buch mit sieben Siegeln" – womit er zum Ausdruck brachte, dass er einen verborgenen Sinn annehmen wollte, dieser sich ihm jedoch nicht erschloss. Zeitweise las er Sätze, die ihm wie eine Aneinanderreihung von Wörtern erschienen. Kein Sinn wollte sich ihm zeigen. Dann wieder begegnete er wunderschönen lyrischen Sätzen, die ihm direkt eingingen. Insgesamt bildete sich der Eindruck einer tiefen menschlichen Tragik, die er instinktiv respektierte. Leben, Tod und Wort schienen sich dramatisch aufeinander zu beziehen und sich zu verschränken. Er begann zu glauben, dass sich tatsächlich ein Bogen zum Dialog zwischen der Poetin und dem Tod des Totentanzes spannte. Jemand – wer nur? – hatte möglicherweise mit seinen vier Zeilen die Verstorbene gemeint.

Möglicherweise, mehr konnte man nicht sagen, denn es bestand doch kein bewiesener Zusammenhang. Das Bild war nicht datierbar; der Text schien zwar der heutigen Zeit anzugehören, aber er könnte auch schon Jahre vor dem Tod der Schriftstellerin entstanden sein – wie ein Spruch von Nostradamus.

Welcher Sinn mochte in den Worten der Dichterin ebenso wie in den Worten des Totentanzes verborgen sein? Er kam zu keiner befriedigenden Antwort. Alle seine Verstehversuche endeten, ohne dass er sich rechte Klarheit verschafft hätte.

Nach einiger Zeit ließ er die Dinge auf sich beruhen. Und auch das Motiv der Poetin im Totentanz hatte sich längst in den Alltag der Menschen eingefügt. Nach einigen Jahren war seine unerklärliche Entstehung fast in Vergessenheit geraten.

***

An einem angenehmen Morgen im Frühjahr machte sich der Pfarrer wie gewohnt auf den Weg, um sein Brevier draußen in den Lechauen zu beten. Er vertiefte sich in die Meditation des Psalm-Verses „Herr, dein Wort ist meinem Fuß eine Leuchte, ein Licht für meine Pfade". Wort und Licht, dachte er, Fuß und Pfade. Und er setzte bedächtig seine Schritte am Lechufer entlang, als wollte er das Psalmwort mit seinen eigenen Füßen lebendig werden lassen.

Ganz in der Nähe begann ein Specht, lautstark zu klopfen. Der alte Geistliche hatte Mühe, seine meditativen Gedanken zusammenzuhalten, und verfolgte mit einem gewissen Unmut das hämmernde Gebalze dieses buntgefiederten Gesellen, der offenbar einen für seine Spechtbegriffe besonders wohlklingenden Stamm ausfindig gemacht hatte und diesen energisch bearbeitete. Nun, ja, dachte er schließlich begütigend, wenn es den Spechtweibchen gefällt, so soll es recht sein. Und vielleicht fällt ja ein Käfer als Lohn für seine Arbeit aus der Rinde.

Und weiter schallten die Klopflaute in unregelmäßigen Abständen durch den Wald, bis sie die Gedanken des Gottesmannes auf eine wundersame Bahn lenkten. Was für ein eigenartiger Vogel. Anstatt den Schnabel aufzutun, entlockte er mit seinem hämmernden Schnabel dem Baum Geräusche, die ihm als Laut-Zeichen dienten.

Und mit einem Mal dachte der Priester wieder an jene merkwürdigen Begebenheiten zurück, die sich vor Jahren ereignet hatten und fast in Vergessenheit geraten waren.

Ja, gewiss, kam ihm der Gedanke, die Sprache galt dieser Dichterin als ihr Instrument. Das ist ganz selbstverständlich. Ein jeder, der spricht, denkt dies. Und auch wenn ihm der Gedanke nicht kommt, so benutzt er doch seine Sprache in diesem Sinn. Aber die Frage war, zu welchen Zwecken das Instrument Sprache dienen sollte. Wollte die Dichterin der Sprache laute Zeichen, Laut-Zeichen entlocken? Besondere Zeichen. Der Priester zögerte, klopfte noch einmal seinen Gedanken ab und gab ihn dann frei: Ja, er möchte glauben, dass diese Frau der Sprache die Fähigkeit zuwies, besonders intensive Zeichen, ja gewissermaßen „göttliche Zeichen" zu bergen und sich selbst die Fähigkeit verlieh, der Sprache genau diese Zeichen zu entlocken. Aber er unterstellte ihr keine Vermessenheit, keine wahnhafte Selbstüberschätzung, sondern eine wirkliche Ergriffenheit, ihrer Sprachfähigkeit und geistigen Durchdringung von Sprachräumen ebenbürtig. Und so musste ihr Schicksal in der Sprache seinen Lauf genommen haben. Sie geriet in immer neue ungeheure Dimensionen der Sprache und die „geistige Luft" um sie her musste immer dünner geworden sein. Wahrscheinlich hatte sie sich selbst von der Mitteilsamkeit ihrer Zeit entfernt. Sie musste in eine wachsende Einsamkeit geraten sein. Er verglich sie mit einem Extremkletterer, der sich zu weit in die ungeheuren Schwierigkeiten einer Felswand vorgewagt hatte.

Diese Frau musste die Gefahr bemerkt haben, eine Bedrohung für das intensive Wort, ja vielleicht sogar eine tödliche

Gefahr. Und die Sprachfähigkeit der realen Dichterin war vielleicht kollabiert. Sie war von einer Art sprachlichen Erstickungstod überwältigt worden, bevor das mit Rauch gefüllte Zimmer ihr die Luft zum Atmen nahm. Aus dieser Atemnot ihrer Lungen konnte man sie noch *in extremis* retten, einen kleinen Aufschub herausholen. Aber ihr Geist war schon zu Tode erschöpft.

Ihm, dem Priester, waren die Propheten vertraut. In der Bibel wurde Jesus der Messias oder der Sohn Gottes genannt. Und in der Theologie war er auf den Begriff „Mund Gottes" gestoßen. Die Propheten stießen auf das „Göttliche" in der Sprache oder wurden darauf gestoßen, indem Gott oder ein Engel im Traum zu ihnen sprach – offenbar in menschlicher Sprache und dennoch mit Worten, die mit einer göttlichen Botschaft geladen waren. Aber dieses „Göttliche" kehrte sich nicht zerstörerisch gegen sie. Jesus wurde für seine Göttlichkeit gekreuzigt, aber da war die Gewissheit seiner triumphalen Auferstehung – unlösbar mit dem Tod verbunden.

Diese Dichterin hingegen war keine von Gott gesandte Prophetin; jedenfalls hatte sie sich selbst nicht als solche verstanden. Sollte sie es dennoch gewesen sein, so weiß es niemand, nur Gott allein. Was sollte der Sinn sein?

Nein, diese Frau ließ den Priester an die antike Seherin Kassandra denken, die selbst zum Opfer ihrer letzten Weissagung wurde. Auch Kassandra entlockte ihrer Sprache intensive und ungeheure Wahrheiten, die kein Mensch wissen konnte, weil sie dem Wissen der Götter entnommen waren. Apollon selbst hatte ihr diese Fähigkeit zum Geschenk gemacht, um ihre Zuneigung zu gewinnen. Doch Kassandra verschmähte ihn. Dieser hätte in seiner Enttäuschung sein Geschenk am liebsten zurückgenommen, was jedoch unmöglich war. Also nahm er den göttlichen Weissagungen aus dem Munde Kassandras die Eigenschaft, von den Menschen geglaubt zu werden. Und so stand sie da – in ihren göttlichen Weissagungen eingemauert und von der Ungläubigkeit der Adressaten zum Schweigen gebracht.

Und die Ermordung Kassandras? Auch hier sah der Priester eine Parallele. War nicht die Dichterin bedrängt von der Vorstellung einer „mörderischen Gesellschaft". Der Priester fand diese Parallele sehr beunruhigend, nicht nur wegen des persönlichen Schicksals der Dichterin, sondern wegen des Gefahrenpotenzials, das die Schriftstellerin vor Augen hatte und das in ihrem Verständnis für die ganze Gesellschaft vorhanden war.

Als Priester stellte er fast automatisch die Parallele zum Psalm-Vers her. Für ihn, in der Kraft seines Glaubens, war es selbstverständlich, dass das göttliche Wort ewig war und seine Schritte auf lichten Pfaden lenkte.

Ganz anders hingegen die Dichterin. Sie war keine Prophetin im biblischen Sinn. Gott hatte sie nicht berufen. Und doch war sie auf etwas Überwältigendes in der Sprache gestoßen. Und ihm kam erneut das Bild jener schreibenden Poetin in den Sinn, mit dem Tod, der ihr über die linke Schulter blickt, an seine Hippe gelehnt, und den Worten ihres Dialogs, die sich ihm eingeprägt hatten. Vom auf ewig geretteten Wort, das durch den Tod dem Leben entrissen wurde, war die Rede. War da jene reale Dichterin hinter dieser wundersamen Poetin? Zum ersten Mal empfand der Priester etwas wie jähe

Bestürzung. Leuchtete das Licht seines Glaubens gar nicht in alle Winkel der menschlichen Finsternis? Hatte diese Frau das Böse in einer so großen Unmittelbarkeit wahrgenommen, dass alle sprachlichen Sicherungs- und Beschwichtigungsreflexe nicht mehr greifen und sie bewahren konnten? War das menschliche Wort in „Lebens-Gefahr"? Mussten seine Lebendigkeit und Verbindlichkeit neu gezeugt werden, um von den Menschen wieder gehört und gesprochen zu werden als Widerstand gegen ein neues „Reich der Verderbnis", das der Mensch sich selbst geschaffen hatte – in der Verstrickung mit seinen „Dämonen", mit den verdorbenen und toxischen Früchten seines Ungehorsams, mit seiner Hoffahrt und mit der Sünde. Und er dachte an das Inferno in Dantes *Commedia*. Hatte die Dichterin ein neues, modernes Inferno gesehen, den Höllenkreis der mörderischen Gesellschaft, des lautlosen Erstickungstodes durch Worte? Hatte die Formulierung dieser bestürzenden Einsicht sie niedergeworfen und überwältigt? War der Tod dieser Frau das letzte „Lebenszeichen"? Besiegelte ihr Tod ihre Worte? War sie eine Gemarterte höchster Menschlichkeit? War es das, was der Dialog zwischen Poetin und Tod uns und unserer Zeit übermitteln will?

„Wie oft bitten wir dich, Herr, uns vom Bösen zu erlösen", meditierte der Priester. „Indem wir diese Bitte aussprechen, glauben wir, dass unsere Bitte das Böse in die Distanz zu uns zwingt und um uns eine schützende Haut zieht. Wir glauben, dass es da ist und uns doch nicht berührt, wenn wir nur der Versuchung aus dem Weg gehen. Und wenn es wirklich vom Dämon besessene Menschen gibt, wie es die Bibel sagt, so sind sie abgesondert und wohl unterschieden von den übrigen. Aber dieser Kontakt mit dem Bösen durch den Kanal der Versuchung, der wir in unseren Sünden unterliegen, war nicht gemeint. Hier schien das Böse eine geistige Gegenwart zu besitzen, mit der wir permanent in Berührung sind. Es ist wie allgegenwärtige Zungen, die uns immerzu lecken, um in uns einzudringen und uns zu überwältigen."

Und die Lawine der Fragen, die der Nachdenklichkeit des Priesters entsprangen, verwandelte sich in Worte des Gebets:

„Herr, gib dieser Frau Erlösung und ewigen Frieden. Sie hat das lebendige Wort im Fleisch ihres irdischen Daseins gesucht und sie hat das Wort des Todes auf sich genommen, um uns aufzurütteln. Schenke mir Einsicht in dein Erlösungswerk an ihr und verrichte es an allen Menschen und an mir, deinem unwürdigen Diener. Lass meinen Glauben wachsen und stärker sein als das Böse meiner Zeit."

Und während er noch betete, streifte das Geräusch eines Flügelschlags sein Ohr und in seinem Augenwinkel huschte ein Schatten. Der Specht hatte sein Klopfen eingestellt. Ein Weibchen hatte sich genähert und die beiden Tiere hatten Kontakt aufgenommen.

Vom Mädchen, das nur eine Mama und nur einen Papa hatte

Im Kindergarten – das ist in Elternkreisen bekannt – informieren sich die Kinder untereinander über ihre jeweiligen familiären Verhältnisse. Dabei werden reichlich Mamas und Papas ins Gespräch gebracht und zur Kenntnis genommen. Auf der Vorstellungs- und Gesprächsebene der Kinder sind die Zusammenhänge noch einfach und überschaubar. Jedes Kind unterstellt dem anderen, dass es ausreichend Papa und Mama besitzt und es ihm an dem nicht mangelt, was das Kind in seiner Vorstellung einer Mama oder einem Papa zuerkennt.

Mama und Papa sind zunächst eine unhinterfragte Allgegenwart und wirken als optimale Bezugspersonen, versorgen das Kind mit allem Lebensnotwendigen, ob Gefühlsbedürfnisse, Kommunikation, Kleidung, Essen, Trinken, Pflege, Spiel und Spaß, aber auch Grenzen setzend und Regeln aufstellend. So weit, so gut.

Und eine Zeit lang ging es auch gut und über das Thema wurde nicht weiter gesprochen. Es arbeitete gewissermaßen im Untergrund. Eines Tages jedoch stolpern Kinder unvermeidlich über Besonderheiten, die ihnen zuvor bedeutungslos erschienen. Rasend schnell entstehen neue Bedeutungen. Allerdings fehlt dem Kind noch das Verständnis der Bedeutungen mit all ihren Unterschieden.

Es kam der Tag, als das fast fünfjährige Mädchen aus dem Kindergarten nach Hause kam. Mama hatte es abgeholt und als sich die Eltern routinemäßig danach erkundigten, wie es im Kindergarten gewesen sei, erhielten sie von Töchterchen als Antwort die Frage, die ihr schon auf der Zunge gelegen hatte: „Warum habe ich nur eine Mama und nur einen Papa?"

Mutter reagierte mit Humor und entgegnete: „Reichen wir dir nicht? Willst du mehr Papas und Mamas?"

„Nein", antwortete das Kind, „aber der Robbi hat zwei Mamas, Lea hat schon ihren zweiten Papa, Nina hat nur eine Mama, aber keinen Papa."

„Na, siehst du", ließ sich der Vater vernehmen, „da hast du doch mehr als die Nina."

„Ja, und warum haben nicht alle Kinder eine Mama und einen Papa, so wie ich?"

Nun war guter Rat teuer. Mit welchen Worten sollte man die gedanklichen Weichen richtig stellen? Vater und Mutter schauten sich an. Sag du es deinem Kind. „Ja, weißt du", sagte schließlich die Mutter, „die meisten Kinder haben eine Mama und einen Papa so wie du. Und bei einigen Kindern ist das halt anders."

„Ist das schlimm, wenn man keine Mama und keinen Papa hat, wie ich?"

„Nein", antwortete der Vater, „nicht schlimm, nur anders."

Ganz locker ließ die Kleine nicht. Es musste doch eine Gemeinsamkeit geben. Und sie versuchte es über Mamas Bauch. „Waren denn alle Kinder im Bauch ihrer Mama?"

Freilich bereitete ihrer Tochter die Vorstellung, in Mamas Bauch gehockt zu haben, ein großes Vergnügen. Mehr Verbundenheit war für sie nicht vorstellbar. Dass Papa auch noch einen biologischen Beitrag zum Zustandekommen dieses Vergnügens geleistet hatte, ließen die Eltern damals noch diskret außen vor. Es wurde bislang auch gar nicht in diese Richtung nachgefragt. Papa war einfach da, ein bisschen wie Gott Vater. Nun ja, Tochter und Vater vergötterten einander heiß und innig. Und er wiederum fragte sich, ob die Mutter-Tochter-Idylle, die er bei seinen beiden Frauen, wie er sie nannte, nicht damit zu tun hatte, dass die sexuelle Dimension der Vaterschaft noch kein Thema war. Und damit musste auch seine eigene Vater-Tochter-Idylle zu tun haben. Manchmal kam er sich schon ein wenig vor wie der heilige Josef. Und er dachte an diesen Spruch, demzufolge Frauen sich die Väter ihrer Kinder aussuchen, bzw. Männer zu Vätern ihrer Kinder machen, sozusagen von ihrem eigenen heiligen Geist geleitet.

Das war alles so weit, so gut. Aber Töchterchen benötigte eine Antwort. Schließlich waren sich die Eltern einig und gaben ihrem Kind die entschiedene Antwort: „Ja. Alle Kinder kommen aus dem Bauch einer Mama." Die Reaktion ließ nicht auf sich warten. Die Kleine zog einen Gedanken, der sie bearbeitete, ganz schön in die Länge. Schließlich verlautbarte die Feststellung: „Und Robbi, der hat aber zwei Mamas."

„Aber war nur im Bauch von einer Mama", entgegnete der Vater, „die andere Mama ist so wie dein Papa. Du warst ja auch nicht in meinem Bauch, sondern im Bauch deiner Mama."

Papas Worte hatten Gewicht, Mutter nickte zustimmend und ihre Tochter gab sich (vorerst) zufrieden. Das Thema schien abgehakt, die Kleine ausreichend informiert. Allen Kindern war es gemeinsam, im Bauch ihrer Mama gehockt zu haben.

Damit war die existenzielle Ursprungsfrage erst einmal beantwortet.

***

Nachdem sie ihre Tochter zu Bett gebracht hatten, Vater eine Gute-Nacht-Geschichte vorgelesen hatte und die Kleine eingeschlafen war, setzen sich die Eltern im Wohnzimmer zusammen und besprachen diese Unterredung mit ihrer Tochter. Ziemlich spontan war ihnen der Gedanke gekommen, die ganze Geschichte an Mutters Bauch festzumachen.

„Na ja", sagte er, „nach menschlichem Ermessen bleibt diese Aussage vorerst eine sichere Bank. Vielleicht wird die Gesellschaft eines Tages auf die industrielle Produktion von Kindern in speziellen Laboren umsteigen, aber das soll heute unsere Sorge nicht sein."

„Ja, schrecklich", entgegnete sie, „das muss man sich mal vorstellen. Hoffentlich muss die Kleine das nicht erleben, das ist ja gruselig."

„Ja, weißt du, wenn es technisch machbar sein sollte, wird man es machen. Moralische oder ethische Vorbehalte haben noch nie das Machbare gestoppt. Sollen sich zukünftige Generationen mit dem Machbaren, das ihnen zufällt, ethisch auseinandersetzen. Vorerst bleibt alles beim Alten." Und er streichelte ihr lächelnd über den Bauch.

„Ja, aber wir sollten uns schon Gedanken machen, wie wir unser Kind erziehen. Es wird nicht mehr lange dauern, dann reicht die Bauch-Geschichte nicht mehr", sagte sie nachdenklich, „sie wird immer deutlicher mit all diesen unterschiedlichen Papa-Mama-Verhältnissen in Berührung geraten. Wir müssen ihr all das weitergeben, was wir als wesentlich betrachten. Ich meine, unsere Aufgabe ist es, dem Kind die Elemente eines tragfähigen Verständnisses seiner selbst, der Menschen und ihrer Bindungen mitzugeben. Und wir können ihm glaubhaft nur das anbieten, was wir selbst sind und ihm vorleben."

„Du bist eine kluge Frau", sagte er bewundernd und stolz, „wie recht du hast. Ich halte fest: für uns führt kein Weg am Bauch der Frau vorbei. Alles andere wird sich zeigen. Und dass wir, als Mama und Papa – leiblich wie seelisch – mit ihr, unserem Kind, zusammenleben, bis sie groß ist, das ist auch eine feste Größe. Es sei denn, du jagst mich zum Teufel und suchst dir einen neuen Lover."

Sie packte ihn mit beiden Händen und zog ihn an sich. Er solle nicht solch einen Unfug reden und sich unterstehen, fremdzugehen. Dann gäbe es aber Saures.

„Tja", nahm er den Faden ihrer Unterhaltung wieder auf, „wir müssen unser Kind auf eine Welt vorbereiten, in der es mittlerweile so viele unterschiedliche Beziehungskonstellationen gibt. Natürlich wünschen wir, dass sie unseren Lebensentwurf zum Vorbild nimmt, ihn aufnimmt und für sich selbst weiterentwickelt und halbwegs glücklich damit wird. Was wir dem Kind mit auf den Weg geben, muss Hand und Fuß haben und kein dünnes Eis sein, das unter seinen Füßen dahinschmilzt oder zusammenbricht. Mehr können wir nicht tun. Sein eigenes Leben muss es eines Tages selbst führen."

„Aber wie soll es mit der heutigen Vielfalt umgehen? So viele unterschiedliche Lebensformen und Ansichten stürmen schon auf die Kinder ein, und später erst, wenn sie heranwachsen und immer mehr bewusst mitbekommen."

„Da müssen wir schon Vertrauen in unser Kind haben. Wir hingegen sollten eines unterlassen: Gegen andere Lebensentwürfe zu polemisieren oder gar wütend zu Felde zu ziehen. Stell dir vor, deine eigene Tochter erklärt dir eines Tages, dass sie lesbisch ist."

„Oh Mann", entgegnete sie, „das wäre hart."

„Siehst du, trotzdem ist es deine Tochter. Denk an deinen Bauch, in dem sie gehockt hat. Und sie ist auch meine Tochter. Wir können nur schauen, ob dieser Lebensentwurf, den sie sich vornimmt, auch wirklich ihrem Wesen entspricht. Also nichts Aufgeschwatztes, keine Verblendung usw."

„Ich will hoffen, dass wir das Vertrauen unseres Kindes behalten und rechtzeitig informiert werden, wenn sie Wege in ihrem Leben einschlägt, auf die wir nicht gekommen sind."

„Vertrauen bewahrt man sich durch Klugheit und Herzensgüte, Zuneigung und Liebe."

„Na ja", meinte sie, „lästig werden sollten wir auch nicht mit unseren Elterngefühlen. Und eigentlich, wenn ich mir so überlege, was in ihrem Köpfchen vorzugehen scheint, dann sieht es eher danach aus, als würde sie sich Sorgen machen, dass auch ja keines von den Kindern zu kurz kommen solle in dieser Papa-Mama-Angelegenheit."

„Ich glaube, da ist etwas dran. Weißt du, was ich manchmal denke, wenn ich mir so das heutige Geschehen anschaue? Eines Tages wird die biologische Elternschaft gar nicht mehr als absolute Bedingung der von Individuen gelebten Elternschaft gelten. Es wird sie – hoffentlich – weiterhin geben und es wird auch sicher dabei bleiben, dass in den meisten Fällen sich Mann und Frau zusammentun, ein Kind zeugen und es groß ziehen. Aber diese – ich sag' mal – vorherrschende Konstellation wird nicht mehr alle anderen verneinen, bekämpfen oder abwerten. Man wird nicht die Kinder von homosexuellen Paaren, die sich ernsthaft um das Kind sorgen, als Geschädigte oder in ihrer Entwicklung Behinderte bemitleiden."

„Das ist alles noch sehr schwierig", entgegnete die Frau, „die beiden Geschlechter haben wir nun mal mitbekommen. Als der Mensch zu denken anfing, waren sie längst da. Über riesige Zeiträume hat in uns eine unfassbare Intelligenz an Mann und Frau gearbeitet, an der biologischen Basis des Menschen."

„Du meinst, dass wir aus unserem jeweiligen Geschlecht nicht rauskommen?"

„Ja, wenn der Fall eintreten würde, wären wir andere Wesen. Wir müssen unsere Geschlechtlichkeit immer wieder neu verarbeiten, tiefer verstehen. Wir haben sie längst nicht in all ihren Dimensionen begriffen."

„Und was könnte das jetzt für unsere Vater- und Mutter-Geschichte bedeuten?"

„Ich meine, dass die biologischen Tatsachen weiterhin gültig sind. Aber sie weisen dem Menschen nicht zwingend, wie er sie zu interpretieren hat."

„Aber du willst doch wohl nicht der biologischen Mutter oder dem biologischen Vater das Recht streitig machen, vollumfänglich das Leben des Vaters oder der Mutter des Kindes zu führen. Oder willst du diese Beziehung kappen?"

„Nein, natürlich nicht. Schau dir unsere Tochter an. Was hat sie an den biologischen Zusammenhängen interessiert?"

„Also ich habe verstanden, dass es ihr sehr wichtig ist, in deinem Bauch gesessen zu haben."

„Ja, sieht wohl so aus. Aber was könnte sie wirklich damit meinen? Glaubst du, dass ihr das Biologische so wichtig ist, als Fötus in der Fruchtblase herumgeschwommen zu sein? Davon weiß sie doch gar nichts."

„Nein, das stimmt. Das hieße, dein Bauch ist für sie ein besonderes Bild, vielleicht das Bild schlechthin der besonderen Beziehung zwischen dir und ihr. Hm, ich will ja nicht eifersüchtig sein, aber, welche Chance habe ich als Vater? Einen Bauch habe ich nicht zu bieten und mein Schwanz ist in dieser Phase der Symbolbildung offenbar noch nicht gefragt."

„Tja, mein Lieber, für dich hat deine Tochter nur das Wort ‚Papa'. Aber mit diesem Wort bezeichnet sie dich mit der ganzen Kraft und Inbrunst ihres kleinen Gefühlswesens. Und darauf bist du so stolz, dass du sie als ‚dein Baby' bezeichnest. Euer wechselseitiges, inniges Verhältnis lässt nichts zu wünschen übrig."

„Du meinst, im Grunde haben wir uns unsere besondere Vater-Tochter-Beziehung selbst geschaffen – ohne uns auf eine so manifeste Realität wie deinen Bauch zu stützen?"

„Ja, selbst wenn sie ein Kuckuckskind wäre (das sie nicht ist), würde das nichts an eurer Beziehung ändern – außer, man würde das Argument ‚Kuckuckskind' in ein moralisches Schwert verwandeln und damit dem Kind alle möglichen seelischen Verletzungen zufügen."

„Und wenn der ‚richtige' Vater auftauchen und im Namen seiner biologischen Vaterschaft das Kind fordern würde?"

„Er würde die Zuneigung des Kindes nicht mehr erlangen, sie ist ein für alle Mal vergeben. Ich glaube, ein Kind kann seine Mutter- und Vaterliebe nur einmal geben. Das ist seine Geburt in der Gemeinschaft der Menschen. Damit macht es sich selbst zum Menschen."

„Also die Frage unserer Tochter hat uns ja ganz schön zu denken gegeben. Wenn sie diese elementare Beziehung intensiv lebt – und danach sieht es ja wohl aus – dann ist sie eigentlich gut gerüstet für alles, was noch auf sie zukommt."

***

Die Bauch-Geschichte hatte allerdings eine Schwachstelle, die nach einiger Zeit prompt aufgetischt wurde. In Töchterchens Gruppe tauchte ein neuer Junge, Benni, auf. Benni hatte zwei Papas, wie sich herausstellte, denn anfangs brachten zwei Männer den Jungen in den Kindergarten und dieser redete den einen wie den anderen mit Papa an. Töchterchen hatte die Ohren gespitzt und berichtete getreulich den Eltern, dass in ihrer Gruppe ein neuer Junge sei, der zwei Papas besäße.

Auch das noch, dachte Papa, in diesem Land brät doch jeder seine Beziehungs-Extrawurst. Mama hob die Augen gen Himmel, ohne große Hoffnung, von dort Erleuchtung zu erlangen. Nun ja, versuchen konnte man es ja.

„Ja, also", begann Vater zögernd und nach rechten Worten suchend, „weißt du, Benni hat auch eine Mama, aber die hat ihn nicht gewollt. Und da sein Papa mit einem Freund zusammenlebt, der Benni auch sehr gern hat, ist er jetzt eine Art Mama für Benni. Aber weil er auch ein Mann ist wie sein Papa, nennt Benni ihn auch Papa".

Ihre Tochter nahm die Erklärung zur Kenntnis. Die Eltern sahen ihr an, dass sie nicht so ganz mit diesen beiden Vätern zurechtkam. So ganz ohne Mama, das kam ihr schwierig vor. „Aber wenn dem Benni die Mama fehlt", wandte sie ein, „wird er dann nicht traurig sein?"

„Ach, weißt du", versuchte Mama ihre Tochter zu trösten, „er hat sie doch gar nicht gekannt und sie nicht lieb haben können. Traurig sein kann man nur, wenn jemand, den man besonders lieb hat, nicht mehr ist."

Daraufhin fing ihre Tochter bitterlich an zu schluchzen. Mutter nahm das Kind tröstend in die Arme und sagte: „Nein, wir sterben doch noch lange nicht."

„Aber einmal werdet ihr sterben", wandte das Kind ein.

„Ja, aber das ist noch so weit weg, ganz, ganz weit weg."

Ja, unverhofft hatte sich der Abgrund des Endes und des Todes in der kleinen Seele aufgetan. Freilich war dies ganz normal in der Entwicklung eines Kindes – und doch empfanden die beiden beim Anblick einer derartigen Verzweiflung Hilflosigkeit. Sicher, der tiefe Schatten auf der Seele hob sich schnell wieder und verflog – und doch war es so etwas wie der Flügel des Todes, der den Menschen in seinem Leben noch oft streifen wird, sich immer wieder in Erinnerung bringend und den Menschen am Ende einhüllen und mit sich nehmen.

Der Fall Benni war abgehandelt. Benni hatte ebenso wie alle anderen Kinder ihre Mamas oder Papas, seine Papas lieb. So hatte es das Kind richtig verstanden. Und als die beiden später noch einmal auf das Thema zurückkamen, waren sie überzeugt, den Fall Benni ihrer Tochter gegenüber richtig dargestellt zu haben. Natürlich war die ganze Tragweite dieser modernen Entwicklung noch gar nicht überschaubar. Und sie waren überzeugt, dass die Dinge keineswegs so harmlos waren, wie es von den Verfechtern der Regenbogen-Fraktion unermüdlich behauptet wurde. Und sie sagten sich, dass es einerseits die Aufzucht eines Kindes gebe und andererseits die Kindesliebe. Sie stellten sich vor, dass diese besondere, und für den Menschen so entscheidende Liebe, in den ersten Lebensjahren aus dem Kind herausdrängt und einen „Vater" und eine „Mutter" finden muss. Es habe doch zu allen Zeiten Adoptiveltern gegeben, wenn das Kind ein Waisenkind war. Wenn das Kind seine Kindesliebe noch nicht vergeben hatte, dann würde es sie den Adoptiveltern entgegentragen. Und wenn die Eltern sie als Vater und Mutter erwidern konnten, dann war das so, dann bildete sich eine Beziehung – einmalig und unwiderruflich.

Die beiden schauten sich an und waren selbst verwundert über ihre eigenen Gedanken zu diesen Dingen.

„Wenn zwischen diesem Benni und seinen homosexuellen Eltern seine Kindesliebe zu ihnen herrscht und diese von den beiden erwidert wird, dann ist das so", sagte er, obwohl ihm nicht ganz wohl war bei dem Gedanken.

Seine Frau teilte seine Bedenken. „Eigentlich wissen wir gar nichts. Wir versuchen uns vorzustellen, wie es sein könnte."

„Ich stelle mir vor, die Kinderliebe muss die vielen fest gefügten kulturellen Vorstellungen überwinden. Nicht nur die Liebe der Kinder homosexueller Eltern, sondern auch die Liebe der Kinder heterosexueller Eltern. Denn diese Liebe kommt in die Welt, wenn ein Kind geboren wird. Und sie geht nur dann nicht verloren, wenn sie ihr Ziel finden kann – uns, jeden Erwachsenen, der Vater oder Mutter sein will. Und schön, wenn wir als Eltern dann auf der Höhe dieser Liebe sind und sie von ganzem Herzen erwidern können."

***

„Ich weiß nicht, welche Gespräche Sie mit Ihrer Tochter führen, aber sie hat sich heute ungewöhnlich souverän verhalten." Die Betreuerin hatte den Vater, der gerade gekommen war, beiseitegenommen. „Ja", fuhr die junge Frau fort, „heute Morgen liefen in der Gruppe Papa-Mama-Gespräche und – es musste wohl so kommen – einige Kinder begannen, Benni wegen seiner beiden Väter zu attackieren und ihm vorzuhalten, er habe gar keinen richtigen Vater und keine Mama. Kinder mit richtigen Eltern hätten eine Mutter und einen Vater, aber doch nicht zwei Väter."

Seine Tochter habe sich das alles angehört und plötzlich Benni gefragt, ob er seine Papas lieb habe. Und Benni habe „ja" geantwortet und gleich zu heulen begonnen. Die anderen Kinder seien sofort mucksmäuschenstill geworden und dann sei nicht mehr über dieses Thema gesprochen worden. Die Kinder hätten wieder miteinander gespielt, auch mit Benni, als ob nichts gewesen wäre. Auch seine Tochter habe nichts mehr gesagt. Später habe sie mit Benni zusammen an einem Bild gemalt. Ein Haus, wie Kinder es malen, die Kinder, die Eltern, Sonne, Bäume, Blumen. Seine Tochter habe Papa und Mama gemalt, und Benni auf seinem Bild Papa und Papa.

Der Vater bestätigte, dass er und seine Frau tatsächlich mit ihrer Tochter über den Fall Benni gesprochen hätten. Und sie hätten die Sache dahin gehend erklärt, dass die Kinder eine große Kinderliebe für die Eltern mit auf die Welt bringen würden. Und wenn die von den Eltern erwidert würde, dann sei das Eltern-Kind-Verhältnis wirklich begründet, also menschlich.

Die Kindergärtnerin hörte verwundert zu. Derartige Worte hatte sie noch nie zum Thema gehört. Ja, das sei sehr bedenkenswert, das stelle doch so manche überkommene Vorstellung infrage. Und dass er das, sozusagen als „normaler" heterosexueller Vater so sage, das finde sie bemerkenswert. Er lachte und behauptete, dass das vielleicht auch damit zu tun habe, dass sein Kind ein Mädchen sei. Er habe sich immer eine Tochter gewünscht. Das habe vielleicht mit seiner Mutter zu tun, aber dazu möchte er sich nicht äußern.

Seine Tochter hatte ihn derweil erspäht, war auf ihn losgestürzt und ließ sich von ihm in die Arme nehmen. Dann machte sie sich los und zog ihren Papa mit, Richtung Benni. Sie hätte ein Bild gemalt, das wollte sie ihm zeigen. An einem Tischlein vor dem Fenster saß Benni, der mit kräftigen Strichen dabei war, noch ordentlich Rasen vor dem großen Haus zu setzen.

„Hallo Benni", begrüßte der Vater der Kleinen den vierjährigen Jungen. Das Mädchen wandte sich an Benni: „Das ist mein Papa."

„Hallo", antwortete der Junge und vertiefte sich wieder in sein Bild.

Der Mann zeigte auf die Figuren, die sich neben und vor einem Haus befanden.

„Das ist mein Papa", antwortete Benni.

„Und der da, wer ist das?"

„Das bin ich."

„Und der andere da?"

„Das ist auch mein Papa."

„Ach, du hast zwei Papas?"

„Ja."

„Und hast du deine Papas lieb?"

„Ja."

„Das ist schön."

Am oberen linken Bildrand strahlte eine große gelbe Sonne. Kinderpsychologen behaupten, das könne man so verstehen, dass die innere, emotionale Beziehungswelt des Kindes in Ordnung sei. Auch Töchterchen malte immer eine dicke gelbe Sonne mit kräftigen Strahlen und dazu noch einen breiten Streifen blauer Himmel, allerdings eher in der Mitte.

Jetzt aber wollte Töchterchen wieder Papas Aufmerksamkeit. Vor ihrem Haus stand erstmals die Bank, die sie vor einiger Zeit aufgestellt hatten. Und Papa und Mama hatte sie auf die Bank gesetzt, sie selbst spielte offenbar im Garten des Hauses. Ihr Papa äußerte sich natürlich lobend über das Bild, nicht so überschwänglich wie Oma, die beim Anblick der Bilder ihrer Enkelin immer gleich in Verzückungen fiel.

Andere Kinder der Gruppe drängten sich heran, hatten ihre Bilder vorzuweisen und freuten sich natürlich über das Lob, mit dem der Mann nicht geizte.

Nun wurde es aber Zeit, den Heimweg anzutreten. Auf dem Flur kreuzten sie einen von Bennis Papas. Töchterchen sprach ihn gleich an und teilte ihm mit, dass Benni ein tolles Bild gemalt habe.

Die beiden Väter tauschten ein kurzes Lächeln, dann war Bennis Vater auch schon durch die Tür des Gruppenraums, um seinen Sohn in Empfang zu nehmen.

Am Abend unterhielt er sich mit seiner Frau über das Thema Benni. Er berichtete von seinem Gespräch mit der Betreuerin, vom Verhalten der Kinder, des Jungen und ihrer Tochter. Auch von der Beziehung, die Benni zu seinen Vätern zu unterhalten schien, und schließlich auch von den beiden „sonnigen" Bildern.

Und wieder beschlich sie ein gewisses Unwohlsein. „Ganz offenkundig scheint dieser Benni seine beiden Bezugspersonen als Väter zu betrachten", sagte er und verwies auf seine eigenen Beobachtungen und Informationen, die er ja indirekt auch durch seine Tochter erhalten hatte.

„Wenn es stimmt, was wir kürzlich über diese besondere Kinderliebe gesagt haben, dann müsste Benni diese Liebe an diese beiden männlichen Bezugspersonen vergeben haben."

„Und du meinst, dass sie nun vergeben ist, ein für alle Mal?" nahm seine Frau den Faden auf.

„Bleibt uns etwas anderes übrig?", fragte er zurück.

„Nun, wir könnten uns vorstellen, dass er eines Tages in ein tiefes Loch fällt und in eine tiefe Identitätskrise gerät. Wenn er sozusagen vom Glauben an diese Väter abfällt und ihnen vorwirft, sie hätten ihn getäuscht, weil sie von Anfang an gar keine richtigen Väter hätten sein können, sondern ihm das nur vorgegaukelt hätten."

„Warum sollte das so sein? Wir gehen doch jetzt davon aus, dass die beiden Väter von Benni ihm ernste Zuneigung entgegenbringen. Wie könnte er ihnen später einen Vorwurf machen? Sie haben ihn doch als ihr Kind geliebt. Er könnte ihnen höchstens eine Art „ideologischen" Vorwurf machen. Aber der würde sich als gefährlicher Holzweg erweisen."

„Ja, ich glaube, du hast recht: Das Kind, also der spätere junge Erwachsene müsste sich gewissermaßen lossagen, sein ganzes Leben mit seinen Vätern widerrufen. Das ergibt doch keinen Sinn. Das wäre die Verneinung von gewordener Wirklichkeit durch ideologischen Wahn. Ein vernünftiger Mensch würde das nie tun."

„Ja, in der Hoffnung, dass diese Gesellschaft es nicht schafft, ein feindseliges Klima und ein Hetzpotenzial aufzubauen, das ein Kind wie Benni so verwirrt, dass er wirklich auf ideologische Abwege gerät oder in psychische Erkrankung." – „Hm, und wenn es wirklich ein Irrweg unserer Kultur ist? „

„Dann wird die Kultur ihn gemäß Trial-and-Error gehen. Wir werden es einfach ausprobieren und was zu schwach ist, wird wieder fallen gelassen."

„Ein Experiment? Aber haben wir das Recht, Kinder zu Versuchskaninchen zu machen?"

„Ich glaube, die beiden Väter machen den Benni nicht zum Versuchskaninchen. Sie glauben, dass sie ihrem Kind die notwendige elterliche Liebe geben."

„Und wenn sie im Irrtum sind?"

„Tja, dann vergrößern sie das Heer der schlechten Eltern. Bisher haben es die Kinder doch geschafft und sich von schlechten Eltern nicht am Leben hindern lassen."

„Also wir unterstellen jetzt, dass der heterosexuelle Mann und die heterosexuelle Frau nicht mehr das Monopol auf Elternschaft besitzen. Richtig?"

„Du hast vollkommen recht. Die ganzen gesellschaftlichen Kämpfe drehen sich genau um diesen Punkt. Wir (also ich nenne jetzt mal die vorherrschende Meinung „wir") sind überzeugt – und wir haben eine sehr lange Kulturgeschichte vorzuweisen -, dass der heterosexuelle Mann und die heterosexuelle Frau die biologische Basis (die Zeugung und die Leibesfrucht) kontrollieren und auf dieser Basis das kulturelle Bild von Vater und Mutter entwickeln und von Generation zu Generation neu schöpfen. Alle anderen Fälle, also beispielsweise Adoption, ordnen sich diesem Modell unter oder zu. Was so irritiert, ist doch, dass homosexuelle Menschen kommen und im Grunde sagen, diese biologische Basis ist irrelevant. Und ganz extrem werden manche formulieren: die Zeugung? Im Labor. Das Austragen der Leibesfrucht? Eine Leihmutter. Oder eine homosexuelle Frau lässt sich künstlich befruchten und entwirft eine Mutterschaft unabhängig vom Zeugungsakt zwischen Mann und Frau."

„Ob wir all diese Dinge kulturell schon wirklich verarbeitet haben?"

„Ich glaube nicht. Es wird tatsächlich experimentiert. Aber ist das so verwunderlich? Wir leben in einer Zeit, in der der Mensch auf sehr unterschiedliche Weise am Menschen experimentiert."

„Ich finde das beunruhigend."

„Ja, in nicht mehr allzu ferner Zukunft werden Menschen auf die Welt kommen und selektiertes Genmaterial in sich tragen – da können sie sich ihre biologischen Väter und Mütter zusammensuchen. Ein Gen-Mix aus Lebenden und Toten."

„Hört sich an, als ob die Geschichte auf die Abschaffung von Vater und Mutter zuläuft."

„Nicht unbedingt. Solange wir nicht ewig leben (und danach sieht es nicht aus), werden wir uns schon mit dem Anfang und Ende unseres Individuums beschäftigen und uns einen Reim darauf machen müssen. Wir könnten uns ja wieder als Geschöpfe verstehen, als Kinder einer großen Schöpferkraft – das ist doch in den Religionen aktuell."

„In unserer ist aber die Rede davon, dass Gott den Menschen als Mann und Frau schuf."

„Kann man ja auf eine neue, allgemeinere Ebene heben: Gott schuf den Menschen als dies und das, als Differenz, als immerwährende Aufspaltung, wobei die Mann-Frau-Aufspaltung vielleicht die Augenfälligste ist. Das ist eine Schraube ohne Ende. Unsere Kulturen haben es noch nie geschafft, all diese Differenzen aufzugreifen und sinnvoll gegeneinander abzugrenzen und untereinander in Bezug zu setzen. Vielleicht ist das auch gar nicht der Sinn dieser Differenzen, vielleicht müssen sie immer weiter wirken, wirksam sein, weil sich in ihnen das verbirgt und vollzieht, was wir ‚Leben' nennen."

„Und was machen wir jetzt gedanklich mit Benni und seinen beiden Vätern?"

„Leben lassen und alles Authentische respektieren. Offenbar wollen diese Männer ja Väter sein. Wir wissen, dass die biologische Basis für sie keine Rolle spielt, jedenfalls nicht im herkömmlichen heterosexuellen Sinn. In dem Punkt sind sie vergleichbar mit Adoptiveltern. Andererseits ist klar, dass sie zum Aufbau ihrer Vatervorstellung keine Mutter benötigen oder die Mutter als eine irrelevante biologische Fußnote betrachten. Kurz, sie scheinen die alte heterosexuelle Konstruktion nicht zu nutzen."

„Und wenn all diese neuen Entwürfe immer größere Kreise ziehen? Geht nicht am Ende überhaupt jegliche Vorstellung von Vater und Mutter verloren? Ist das erträglich für den Menschen?"

„Heterosexuelle Männer und Frauen werden wohl noch auf lange Sicht die überwältigende Mehrheit der Menschheit bilden. So schnell gehen die Zusammenhänge mit dem biologischen Ursprung nicht verloren, wenn du das meinst. Sie werden vielleicht neu interpretiert, mit neuen Nuancen, an die man bisher in der Kulturgeschichte nicht gedacht hat. Es werden sich erweiterte Mutter- und Vaterentwürfe herausbilden – denke ich mal. Wenn der Bezug jedoch als völlig bedeutungslos aufgefasst werden sollte, dann reden wir über einen anderen Menschen, der in ganz anderen Dimensionen denken wird, als wir hier und heute."

„Also orientieren wir uns an unserer Tochter, die sich offenbar nicht an Bennis beiden Papas stört. Jedenfalls haben wir ihr das nicht beigebracht. Hauptsache, Benni hat seine Papas lieb und sie ihn."

„Ja, es gibt keinen Grund, dem Kind seine Unbefangenheit anderen Kindern gegenüber zu nehmen. Es geht alles mit rechten Dingen zu, soweit wir das beurteilen können. Und wenn nicht? Dann liegt es nicht an der Homosexualität der beiden als solcher, sondern daran, dass zwei Homosexuelle versagen – nicht anders als Heterosexuelle."

Facebook-Mädchen

Sie war hübsch, und nicht nur das. Sie war sich vollkommen sicher, hübsch zu sein. Man hatte es ihr von frühester Kindheit an gesagt. Später ließ sie sich von unzähligen bewundernden oder begehrenden Männerblicken überzeugen und auch ihr eigener Blick in den Spiegel bestätigte ihr, dass sie einen wirklich hübschen Body und attraktive Gesichtszüge ihr Eigen nannte, umrahmt von einer Vitalität ausströmenden, kastanienbraunen Haarfülle. Und nicht zu vergessen die neidischen Blicke anderer Mädchen und Frauen, die von der Natur bescheidener ausgestattet worden waren. Wie Mistinguett von ihren wohlgeformten Beinen hätte sie von ihrem Körper ein kokettes Loblied singen und ihr Bewusstsein der eigenen Hübschheit als ganz normale Eitelkeit kultivieren können. Aber alles entwickelte sich anders, ganz anders.

Sie war nämlich nicht nur hübsch, sondern besaß ein recht jugendliches Gemüt. Und so hielt sie sich für hübsch und jung. Schließlich erwies sich ihr lebhaftes Temperament als dritter Mitspieler im Bunde. Heraus kam dabei das Gefühl, mit dem Leben auf besondere Weise verbündet zu sein. All dies ließ sie jung und dynamisch erscheinen, auch dann noch, als die Frauen in ihrem Alter längst erste Verschleiß- und Verwelkungserscheinungen nicht mehr verbergen konnten oder auch gar nicht wollten. Jedenfalls alterten sie im Vergleich zu ihr wesentlich schneller – nicht nur äußerlich, sondern auch im Kopf. Ausdrücke wie „alte Kuh" oder „taube Nuss" gehörten zum Standardvokabular ihrer überheblichen Denkweise, die weit über die gewöhnliche Eitelkeit hinausragte. Nein, mit ihrer Geringschätzung brachte sie zum Ausdruck, dass sie so nicht enden wollte. Schauderhaft, wie Frauen sich selbst marinierten, einpökelten oder am Ende gar kompostierten. Sie hingegen war die immer junge Braut des Lebens. Und sie hatte es gar nicht nötig, sich in den Mittelpunkt zu drängen, weil sie selbst ein lebendiger Mittelpunkt, ein Leuchtturm dynamischer Weiblichkeit war, der die Diener des Lebens anzog wie die Motten das Licht.

Eine besondere Bedeutung kam darüber hinaus dem Umstand zu, dass sie zwei Mutterschaften hingelegt und diese anscheinend weggesteckt hatte, als hätte es sie nie gegeben. Das versetzte ihre Umgebung immer wieder in ungläubiges Erstaunen. Nein, ihr Body hatte unter den Schwangerschaften und in der Zeit nach der Geburt ihrer Kinder nicht gelitten. Er hatte wieder seine ursprüngliche Gestalt angenommen, als wäre die Schwangerschaft nur eine vorübergehende Verunstaltung ihres Körpers gewesen, anstatt ihn zu einer neuen Körperlichkeit umzukrempeln, von der es kein Zurück mehr gab.

Freilich würde ihr Körper nicht ewig jung bleiben. Das war ihr klar. Aber im Kopf wollte sie immer schön auf der Seite des Lebens bleiben. *I want to be forever young.* Denn ihr Body war für sie keine Ikone, kein Fetisch auf dem Sockel einer fixen Idee. Nein, er war Leben, ihr Leben. Hatte er nicht zweimal Leben beherbergt und der Welt gegeben? Und selbst wenn heute – was ja dem natürlichen biologischen Lauf entsprach – keine weitere Schwangerschaft mehr zu erwarten und auch gar nicht erwünscht war, so hatte sie gewissermaßen dank ihrer Schwangerschaften das Leben in sich verspürt. Und sie war sich sicher, dass die Lebensgeister sie nie verlassen würden. Es drängte sie, diesem Geist des lebendigen Daseins Wirkung und Einfluss zu verschaffen. Das war ihr Leben. Sie war mächtig stolz auf ihre beiden Töchter, ihre Mädels, wie sie die beiden nannte, voller Lebenslust und mit attraktiven Bodys gesegnet, ganz die Mutter, als hätte sie sagen wollen: Seht her, wie toll ich mich selbst geklont habe und das gleich zweimal.

***

Im Gegensatz zu den hochfliegenden Selbstwertbildern in ihrem Kopf war das eheliche Leben mit ihrem Mann Farce und Kalamität zugleich. Eigentlich hätten sie besser daran getan, ihn nicht zu heiraten. Aber da waren gewisse Verlockungen, auf die sie mehr geachtet hatte als auf ihre Gefühle für diesen Mann. Sie liebte ihren Mann nicht sonderlich, was praktischerweise auf Gegenseitigkeit beruhte, aber er hatte ein gutes Einkommen und finanzierte ihr ein großzügiges Haus und ihre Freizeitaktivitäten. Zugleich erzielte sie als Sprachlehrerin an einer privaten Handelsschule ein eigenes Einkommen, über das sie frei verfügte. Im Gegenzug erfreute er sich am Besitz einer vorzeigbaren, attraktiven Frau, die nicht einmal läufig war. Nein, sie flirtete gern, aber das war mehr, um Bewunderung zu genießen und Leben zu verbreiten. Auf Bettgeschichten war sie nicht erpicht.

In den Zeiten, als die Kinder noch klein waren und sie noch zusammen mit ihrem Mann gesellschaftliche Aktivitäten pflegte, waren um sie her Familie und Freunde, mit denen sie etwas unternahm, Kindergeburtstage, Sommerfeste, Badeausflüge, Urlaubstage am Roten Meer oder an der Adria, Skiwo-

chenenden in den Dolomiten mit Hüttenabenden an knistern-
den Kaminfeuern.

Beide lebten beispielhaft eine nicht nur sexuell verkorkste
Langzeitbeziehung. Ihr Mann war gewissermaßen als Berufs-
muttersöhnchen in seine Ehe geraten und vollkommen un-
fähig, seine Sexualität sinnvoll in eine auf Dauer ausgelegte
Beziehung mit einer Frau einzubringen. Er hätte besser daran
getan, bei Mutter zu bleiben, anstatt mit einer Frau dauerhaft
Tisch und Bett teilen zu wollen. Auch wenn ihr wirklich daran
gelegen hätte, liebevoll mit ihrem Mann zusammenzuleben, so
hätte sie keine Chance gehabt. Nun, in diese Verlegenheit geriet sie erst gar nicht, weil sie selbst – auf andere Weise als ihr
Mann – für eine echte Beziehung nicht befähigt war.

So einigten sie sich auf ein in ihrer Innenbeziehung wenig
ergiebiges Eheleben. Nach außen hin wahrten sie den Schein,
was in der heutigen Zeit problemlos gelingt. Es genügt, sich in
ausreichendem Maße an allen Übungen der Geselligkeit zu beteiligen. So lebten sie vorwiegend nebeneinander – dies jedoch
in aller wirtschaftlichen Auskömmlichkeit. Ein Gleichgewicht
schien gefunden. Sie füllten ihre sozialen Rollen aus, ohne sich
geistig ernsthaft nahezukommen, höchstens im Streit, wenn
sich die Unlust wieder einmal Luft machte.

***

Nach zwanzig Jahren hatte ihre Ehe ausgedient. Endlich
hatte sie den Mut gefunden, entschlossen festzustellen, was
sie schon immer wusste: Sie hatte gefühlsmäßig und seelisch
ebenso wenig mit ihrem Mann zu tun wie er mit ihr. Und ihr
wurde klar, was ihr von Anfang an hätte klar sein können: Sie

erfüllte im Leben ihres Mannes die Funktion eines schönen Dekorobjektes, das obendrein auch noch Nachwuchs besorgt hatte. Allerdings nicht den gewünschten Stammhalter. Was er sicher verschmerzen würde, denn im Grunde war es eine überkommene ideologische Vorstellung ohne Substanz. Wovon hätte der Junge den Stamm auch halten sollen?

Schmerzhaft an ihrer Erkenntnis war, dass ihr Mann dieses Dekorobjekt – also sie selbst – tatsächlich als solches betrachtete und ihr längst sexuell eine lange Nase drehte und sehr egoistisch Affären mit diversen Gespielinnen produzierte. Und dies, so wurde ihr glaubhaft hintertragen, zu allem Überfluss in Zeiten ihrer Abwesenheit im eigenen Ehebett. Man gab ihr zu verstehen, dass ihr Mann damit eine rote Linie überschritten habe, nämlich die Linie des äußeren Scheins und mit seinem Verhalten den anderen öffentlich demütigte. Dies galt dem bigotten Umfeld als ein Ärgernis. Und man drängte sie, etwas gegen das skandalöse Verhalten ihres Gatten zu tun. Das sei sie in der Tat ihrer gesellschaftlichen Selbstachtung und der Gesellschaft schuldig.

Dass er sie in ihrem Vier-Augen-Verhältnis schon reichlich mit Demütigungen traktiert hatte, das ging nur sie beide an. Außerdem schlug sie auf ihre Weise verletzend zurück, indem sie ihn auf seine unterirdische Performance im Bett hinwies. Was ihn wiederum kaltließ, weil er es besser wusste. Jedenfalls war man quitt. Jetzt aber machte er sich öffentlich über sie lustig. Vielleicht wollte er ihr ja den Gnadenstoß versetzen, weil er bemerkt hatte, dass sie keinen Seitensprung auf die Kette bekam. Damals war ihm das sehr recht, jetzt aber nur noch ein Beweis dafür, was für eine Niete sie doch im

Bett sei. Und das könne sie ihm nicht vorsetzen. Ihr seien wohl die Mutterschaften nicht bekommen. Nichts dagegen, wenn sie sich hinter ihrem Muttertum verbarrikadieren wolle, dann tue er sich halt andernorts um. Was er auch recht erfolgreich tat. Schließlich herrschte kein Mangel an interessierten Single-Frauen, frustrierten Ehefrauen oder läufigen Frauen überhaupt – gut aussehend, charmant und gut betucht wie er war.

Er hatte seine Frau gewissermaßen in Zugzwang gesetzt. Als in aller Öffentlichkeit betrogene und bloßgestellte Gattin blieb ihr nichts anderes übrig, als ihre Rolle zu Ende zu spielen, sich von ihrem Mann zu trennen und die Scheidung einzureichen. Und so geschah es.

***

Das Trennungsjahr lief. Ihr Mann geriet in Unruhe und unternahm zahlreiche Versuche, sie zum Bleiben zu überreden. Versprach Besserung, was wohl so zu verstehen war, dass er seine Affären in Zukunft mit größerer Diskretion betreiben würde. Sie ließ sich nicht mehr umstimmen. Ihr Entschluss stand fest.

In dieser Phase des äußeren wie inneren Umbruchs machte eine Freundin sie auf Facebook und die Vorzüge dieses Netzwerks aufmerksam. Man treffe dort so manche Freundin und gute Bekannte und knüpfe ganz unverbindlich und ungezwungen neue Bekanntschaften mit angenehmen Leuten. Nicht alle seien interessant, man müsse die Spreu vom Weizen trennen, wie überall. Ihre Freundin zeigte ihr, wie sie ein eigenes Profil erstellte, und sie schloss sich der Facebook-Gruppe ihrer Freundin an. Verwundert stellte sie fest, dass schon nach kurzer Zeit zahlreiche Freundschaftsangebote eintrafen. Sie durchschaute nicht, dass ein simpler Algorithmus für die Kontaktangebote sorgte. Offenbar besaß Facebook eine selbstwebende Vernetzungsfunktion, die bezweckte, Neugier zu wecken und die Plauderbereitschaft zu fördern. Die lockere Gesprächigkeit gefiel ihr. Jeder erzählte interessante Dinge über sich selbst, zeigte Bilder seiner Hobbys und Freizeitaktivitäten, hatte witzige oder ernste Links, führte Listen mit seinen Lieblingsfilmen oder –büchern. Facebook war unterhaltsam und suggerierte Aufmerksamkeit und Kameradschaftlichkeit, Sympathie, ja bisweilen Zuneigung.

Sie dachte zufrieden, dass Facebook für sie genau das Richtige war, und produzierte eifrig eigene Beiträge. Hier konnte sie alles, was ihr durch den Kopf ging, aussprechen – sich selbst sein, wie sie glaubte. Hier fand sie Gehör. Hier schenkte man ihrer Person Aufmerksamkeit und Wertschätzung, alles, was ihr Mann nie verstanden und ihr nie entgegengebracht hatte. Und tatsächlich bescherte ihr Facebook nach kurzer Zeit eine romantische Männerbekanntschaft. Er hatte eine Freundschaftsanfrage geschickt und sie war neugierig geworden und darauf eingegangen. Schnell tauschte man E-Mails, telefonierte miteinander und er gefiel ihr, was eine Art Vorstufe der Verliebtheit war.

Sie suchte ihn in seiner tausend Kilometer entfernten romantischen Heimatstadt auf und ihr Gefallen verwandelte sich in Verliebtheit. Und schon nach dem zweiten Flug wurde sie seine Geliebte und er ihre vermeintlich große Liebe.

Dagegen war nichts einzuwenden und der Geliebte war auch kein Schwindler, sondern hatte in seinem Leben alle Hände voll zu tun, sodass ihm eine Wochenend- oder gar Quartalsbeziehung mit einer Frau, die nicht von der Idee besessen war, einen Haushalt mit ihm zu gründen und permanente Anwesenheit zu fordern, günstig erschien. Und da sie so unterhaltsam mit ihrer Romantik beschäftigt und mindestens ebenso verliebt war in die romantische Stadt, störte sie ihn nicht in seinen Unternehmungen. Die Abläufe waren so, dass er sie unterrichtete, informierte oder in Kenntnis setzte, wie es ihm richtig und nützlich erschien. Und sie gab sich damit zufrieden, nahm alles, was er sagte, als gegeben hin. Mal jettete sie zu ihm, mal er zu ihr. Man traf sich in ihrem Heimatort und nicht in ihrem Wohnort. Denn es lief doch die Trennungszeit und sie wollte ihrem Gatten keine Munition liefern, um ihren Unterhalt zu drücken.

Das Verhältnis funktionierte halbwegs und sie war ganz begeistert von ihrer großen Liebe, die so oft auf den Flügeln ihrer Imagination hoch oben im Himmel stattfand – klar, die Flughöhe betrug 10 000 Meter und die Flugzeit zwei Stunden, da war Raum und Zeit zum intensiven Träumen.

Facebook war in dieser Phase keinesfalls überflüssig – im Gegenteil. Facebook verwandelte sich in eine virtuelle Bühne für all das, was sie mit ihrem neuen Liebhaber gar nicht wirklich kommunizierte.

Stattdessen führte sie ein Theaterstück ihrer romantischen Liebe auf. So ließen sich die realen Ungereimtheiten ihrer neuen Beziehung überspielen und sie konnte ihrem Enthusiasmus und ihren Träumen freien Lauf lassen. Ebendies war doch in ihr unterdrückt worden in der fantasielosen Beziehung mit ihrem Mann.

In ihrem wirklichen Leben war der neue Liebhaber kaum präsent. Immerhin ließ er sich gelegentlich in ihrem Freundes- und Bekanntenkreis blicken und sie hatte ihn auch ihrer Familie vorgestellt. Nun ja, man nahm diesen Menschen zur Kenntnis, aber man konnte miteinander nichts Rechtes anfangen. Was wohl hauptsächlich daran lag, dass dieser Mensch aus einem ganz anderen Kulturkreis stammte. Die beiden kommunizierten in der englischen Sprache – ohne sprachlichen Tiefgang, der auch gar nicht erforderlich war, weil zwischen ihnen kein geistiger Tiefgang herrschte. In der Realität entwickelte sich ihre Beziehung auf zweierlei Achsen. Er benötigte ihre Unterstützung, gern auch materiell, um sein Unternehmen voranzubringen. Sie bildete sich ein, mit ihm endlich den Absprung zu schaffen und eine neue Zukunft zu gewinnen.

In welchem Maße sich die beiden Orientierungen hätten verbinden können oder auch nicht, sollte sich nicht mehr herausstellen, denn nach etwa zwei Jahren verstarb der acht Jahre jüngere Mann an plötzlichem Herzversagen. Der romantische Traum war mit einem Schlag ausgeträumt.

War dies auch das Ende ihrer intensiven Facebook-Beziehung? Keineswegs. Jetzt schlug erst recht die Stunde von Facebook. So wie sie zuvor ihre große Liebe ausgiebig ausgebreitet hatte, machte sie sich daran, ihre tragisch geendete Liebe zu idealisieren und auf ihrer Homepage zu inszenieren. Und zugleich schlüpfte sie erneut in die Rolle, die ihr am besten gefiel, in die Rolle der ewig jungen Frau, der liebenswerten Gespielin, deren tragische Liebe ihr eine zusätzliche Aura der

Märtyrerin großer Liebe verlieh. Ja, sie war die schmerzerfüllte Geliebte im Stil einer *mater dolorosa,* mit dem toten Geliebten auf ihrem Schoß. Ja, sie war die ewig junge Geliebte mit der kindlichen Freude am eigenen Mythos, sie war sich selbst zur Gefühlspuppe geworden, wie einst. Und Facebook erwies als persönliche Traumfabrik in Anlehnung an all die großen Traumfabriken – Stichwort Hollywood und / oder Barbie –, von deren Produktionen die Menschen sich gern unterhalten lassen.

Sie machte sich daran, regelmäßig Sprüche und Bilder hochzuladen, um die Erinnerung an ihre romantische Liebe wachzuhalten. Porträts ihres Geliebten mit allerlei visuellen Effekten veredelt, mit Herzmotiven und Sonnenuntergängen am Horizont überm Ozean oder die romantische Pose von Jack und Rose am Bug der Titanic, die sich ewige Treue schwören. Das Übliche. Hätte jemand „unsäglicher Kitsch" gesagt, wäre er vermutlich gekreuzigt, zumindest gesteinigt worden. Ihr Freundeskreis sparte nicht mit zustimmenden Emoticons, bisweilen auch mit einem kleinen Lob garniert – interessanterweise ging die Anteilnahme überwiegend von weiblichen Bekannten aus, die überhaupt die überwältigende Mehrheit ihrer Facebook-Bekanntschaften bildeten. Offenbar gab es einen großen Bedarf an Produktionen aus der weiblichen Traumfabrik. Verschiedentlich verirrte sich auch ein „Frauenversteher" in die Fangemeinde, ein marokkanischer Flugbegleiter beispielsweise, den sie auf einer Urlaubsreise nach Ägypten kennengelernt hatte. Der lag ihr hemmungslos zu Füßen und hatte Spaß am Vergöttern von Frauen, so wie sie Spaß an der Anbetung als weibliche Gottheit hatte.

Ansonsten setzte sie ihre geselligen Aktivitäten fort, stellte Bilder ein, die davon Zeugnis ablegten. Und der letzte Urlaubsschwarm hatte auch schon brav die Herde der Facebook-Freunde vergrößert. Und nicht wenige, darunter sie selbst, hofften natürlich auf eine neue Romanze. Schließlich müsse die Frau doch wieder aufnahmefähig sein für eine neue romantische Liebschaft; das könne gar nicht anders sein. Eine Frage der Emotionen- und Erlebnis-Produktivität.

Warum eigentlich sollen Frauen immer nur Kinder produzieren? Während der Mann zusätzlich Liebschaften produzierte. Das sei doch kein Privileg des Mannes. Eigentlich erstaunlich, aber sie geriet in den Sog moderner Emanzipationsdiskurse und hantierte recht gefällig mit einschlägigen Begrifflichkeiten und Losungen.

Diskrete Unterstützung erfuhr sie in diesen Überlegungen von lesbischen Freundinnen, die ihr eine Ausweitung der amourösen und erotischen Genusszonen nahelegten. Eine der besonders aktiv Mittrauernden war übrigens eine ausgewiesene Lesbe. Einige suggestive Bilder zeigten mitfühlende Posen. Ein Hauch von *I kissed a girl.* Mehr wurde auf Facebook nicht verraten. Vermutlich gab es auch nichts zu verraten.

In letzter Zeit ist das Facebook-Mädchen wieder mit allerlei sehnsuchtsgeladenen Sprüchen über die Liebe aktiv, die sie da und dort zusammenklaubt, emsig wie die Biene Maja, und auf ihrer Seite einstellt. Die Trauerzeit scheint beendet zu sein – ging aber schnell. Was wiederum zeigt, wie gut der Unernst oder unbändige Lebenswille dieses Mädchens funktioniert. Und wie dienstbar doch die guten Facebook-Geister sind, wenn eine Selbstinszenierung gewünscht ist.

Man möchte wetten, dass da wieder was im Busch ist. Das holde Kind lädt sich gerade mit neuer Sehnsucht auf, wie der Smartphone-Akku mit Strom am Ladegerät. Tja, so schnell kommt sie aus ihrer Unernst-Nummer nicht raus. Muss sie das? Nein, keineswegs. Die einen werden von den Tiefen des Daseins angesprochen und die anderen von den Oberflächen des Lebens. Das Facebook-Mädchen gibt sich dem bunten Leben hin und möchte es auskosten – immerzu. Ob die Realität dabei mitmacht, ist eine ganz andere Frage, auf die man in Facebook-Kreisen keine Antwort findet. Denn Hinweise auf harte und steinige Realität sind unerwünscht. Sie werden als ungemütlich abgewiesen – wie im wahren Leben der Facebook-Gemeinde.

***

Er dachte schmunzelnd, wie heftig er einst in diese Frau verliebt gewesen war, fasziniert von ihrer Lebendigkeit. Ja, damals war er von dieser Frau inspiriert und von seinen eigenen Möglichkeiten überzeugt. Er hatte geglaubt, dass sie ein Potenzial besaß, das Hoffnung auf ein geistreiches und liebevolles Miteinander machte. Es hatte sich auch eine gewisse Annäherung eingestellt, mit flüchtigen Momenten und Zeichen, die ihm Mut machten. Doch er hatte sich arg getäuscht. Der Sog ihrer Oberflächlichkeit war unwiderstehlich und so nahm er wieder Abstand von ihr. Dennoch blieben sie locker miteinander verbunden. Dem einen wie dem anderen war bewusst, wie verschieden man doch mit den Dingen des Daseins umging. Dieses wechselseitige und unüberbrückbare Anderssein war jedoch kein Thema zwischen ihnen. Bisweilen keimte in ihm ein leises Bedauern auf und er dachte „schade". Doch er gestand sich ein, dass er damals einfach zu viel von ihr verlangte und auch sich selbst überschätzte.

Dennoch hatte seine Beschäftigung mit dieser Frau nicht aufgehört. Vor allem ihre Facebook-Auftritte fand er bemerkenswert. Er hatte die alte Faszination gegen eine neue eingetauscht: Wie sie im Ozean des Daseins „um ihr Leben kämpfte". Ihr Gemüt sei unverwüstlich und sie sei erneut auf alle viere gefallen. Was anderen leider nicht immer gelingt, gerade dann, wenn sie es brauchen. Und eigentlich, so kam es ihm in den Sinn, hatte sie das für sie Bestmögliche aus ihrem Dasein herausgeholt – nämlich in dem Maße, wie sie gangbare Wege gefunden hatte, sich selbst aus dem Weg zu gehen. Und er glaubte, dass sie damals auch ihm – zu Recht – aus dem Weg gegangen war, weil sie spürte, dass er ihre Spielchen nicht hingenommen hätte. Für diese Auseinandersetzung war sie weder bereit noch mental gerüstet. Ja, möglicherweise gab es wirklich keine Horizonte gemeinsamer Bestimmung – jedenfalls nicht als Liebesbeziehung.